U0783096

谨以此书献给故乡。

小镇流年

程远 著

山西出版传媒集团 北岳文艺出版社

·太原·

图书在版编目（CIP）数据

小镇流年 / 程远著 . -- 太原：北岳文艺出版社，
2025. 1. -- ISBN 978-7-5378-6929-4

Ⅰ . I267

中国国家版本馆 CIP 数据核字第 20243QP655 号

小镇流年
XIAOZHEN LIUNIAN

程远 / 著

//

出品人 郭文礼	出版发行：山西出版传媒集团·北岳文艺出版社
	地址：山西省太原市并州南路 57 号
选题策划 刘文飞	邮编：030012
	电话：0351-5628696（发行部）　0351-5628688（总编室）
责任编辑 范戈	传真：0351-5628680
	经销商：新华书店
	印刷装订：山西新华印业有限公司
扉页题字 程远	开本：787mm×1092mm　1/32
	字数：185 千
插画绘图 阿占	印张：6.875
	插页：12
装帧设计 张永文	版次：2025 年 1 月第 1 版
	印次：2025 年 1 月山西第 1 次印刷
	书号：ISBN 978-7-5378-6929-4
印装监制 郭勇	定价：58.00 元

本书版权为本社独家所有，未经本社同意不得转载、摘编或复制

《前山》

《河套》

《菜园》

《故乡老屋》

《乡村爱情》

《女同学》

《雪夜》

《小镇青年》

代序一：底而不低的人性与眼光

阿坚

为什么有时人更喜欢看非虚构作品？魔术当然有魅力，就是杂技也好看，但不能老看，晕。有时就想看没见过的，看别人家怎么拌馅包包子等等。程远的新作，正因为非虚构的特质，是我第一眼看上的。

虚来构去的东西，满足过我的逸思奇念，但我时而高蹈累了，就想坐在地上，看看蚂蚁围攻大虫子或两只蝴蝶哪只是公的。程远的这部作品就是地上的事情，是小镇上的，是偏僻地方的，老百姓们"过的是日子，过的不是小说"。作者当然会写抒情的诗、伤感的小说，却郑重推出这部不炫文学的写生，其朴实姿态让人觉得亲近。

为什么有人更喜欢看非虚构的作品？我认识一位社会学家，她说，编得再好的文字艺术却不是概率最大的社会写实，接近真实是我的工作，我想寻找的是仅次于田野第一手材料的作品。程远描写的树基沟、红透山的底层景况，就属于这类，把自己的目击传达出来。一次我与一位搞哲学的人聊天，我发现他的案头有几部纪实的书，当然也有专业书和小说。我拿起前者，问，你也看这种书呀。他说，这里有人间烟火呀，咱不能经常深入社会，看看这些也姑且算替代吧。这我就明白了：长于思想的人，除了有"高级"营养滋润，也需有普通原材料的供给，得寻摸寻摸"底层"呀。

文学——小镇柔弱青年的精神慰藉剂。"穷读书，富练武"，很多人喜好文学是不得已。肚里油多，身强拳头硬，在片区里当个小王既实惠又风光，抑或扶弱御强以替江湖行公道，也能满足虚荣心呀。像作者这样，身材不高、营养欠缺、家境清苦而又有点儿小聪明不知何处寻找内心平衡的人，一般都"水往低处流"般找到了文学或文艺。程远的新作就披露了一个小镇青年为文艺奋斗的艰涩小史：比如为免去做枯燥的家务就学画学字——幸好父母只要见孩子在动笔就不会再吆喝；比如明明有摁井梯电钮的轻巧工作，却非要换一个能偷偷看书的劳累工作；比如哥哥给做的小粗木案和用下脚料拼接的小台灯，挤仄的小屋竟成了骋梦的世界。多少小镇青年都有类似的经历，委屈化了，劳累减了，憧憬真了，遥远近了，在父母兄弟的鼾声中，那小台灯的光芒照耀的岂止是书、纸、笔。大城的青年不解小镇文学青年之苦，书香门第不知寒门求文之酸。我后来认识不少外省的年轻无名诗人和小县的文学爱好者，我常常惭愧于：我侥幸生在了大城，占了文化地利的便宜；我基本没挨过饿，占了保暖而文艺的便宜；我长得个儿高膀宽、双眼大方，占了相貌悦人的便宜。所以我写个文章，发个作品没那么艰辛。所以我读程远的新作，心想天下真是不公平呀。我越理解程远这样的作者，就越觉得他们的付出比我们多，得到的却比我们少。程远还是幸运者，他还能把"小镇的乡愁"从远去的回忆中钩沉出来，而有的小镇青年却在钩沉的过程中，或为生存所迫而割爱了文艺，或气血抑而冲破了精神强度。

底层的幽默也一样高级。这部作品好读，因为其多有好玩儿的地方。幽默当然不是城市人的专利，也不只是智者把玩的游戏。哪里有人，哪里就有逗闷子；哪里有尴尬，哪里就有巧解。比如书中写兄弟几个晚上躺在一铺炕上，比赛识认糊顶棚报纸上的标题字，总落后者终于先念出了"源资贵宝的限有类人是水"……，比如为了混进礼堂看电影而自己画电影票（这种幽默已经超出了语言）……，比如弱孩子为报复霸凌者而在其常走的小路上挖了陷阱并灌上粪汤……至于生动之俗俚描写就更多了，比如，"东至东海一座楼，东海龙王住里头。正月十五闹元宵，俺给龙王磕个头。"我几乎没见过这么好玩儿的歌谣。底层的景象，常让人叹息。年轻时我读苦难的作品会夸张地含一块糖（后改为倒一杯酒），"省得你苦死我，省得你痛死我"。而程远，在几个"叹息"之间，常常给人一个糖豆般的乐子，并且自然，不是胳肢你肋的那种故意。我并不喜欢仅靠语言的逗贫，我注重事情本身张力与落差造成的哏儿，正像卓别林辩道，"我其实是个严肃的人"。我觉得程远也是走以严肃的态度叙事状物之路，而戏谑精神有时是存在自带的。

"老鼠的眼睛也能充满深情"。程远的新作，读之我想起我老家的女性长辈，她们像作者的母亲一样，点滴算计着家里的开销，不计健康地忙于众口的糊嘴。为了能"充实肚子，母亲天不亮就去捡地（捡拾收割后地中的零散粮食），……从不带水，因为水沉，瓶子又占地方……，带的包和筐是最多的。……时间已过晚上8点，还不见母亲回来……，沿着河边边走边喊，直至二三里地，又不知过了多久，才发现一个身影，那样渺小，那样羸弱，在雨夜的田间蹒跚着，……肩上背着鼓鼓的袋子"。读到此，我眼前有些模糊——那不是我姥姥挪着小脚背着一袋地瓜干来我们家吗？中国的大多数家庭都处于底层，贫贱夫妻百事哀，穷人的孩子懂事早，作者对母亲的描写真不是用墨水写的，虽然自己也卑微，但却有对伟大母亲的感悟——"老鼠的眼睛也能充满深情"。读程远的文字，常能感受到底层人与人的温情，它们暗暗传递着中华民族传统的温良恭俭让，虽然社会上也有自私、损人、虚假、欺骗等等不良习风，但若没有人间底层更多比例的善，人文的历史就该另写了。

没有文学青年，就没有文化精英的大市场。程远虽已中年，但他的小镇文学青年之路，让我思考不少。我想先概括一句：没有广大的文学青年，就没有文化精英的大市场。比如精英们的著作大部分是销在了普通文学青年手里，他们的热读也带动了一本书的文化小潮。比如每个无名的小说或诗歌作者，都有自己欲致敬而又看齐的偶像，他们将精英的思想尽量消化，技法尽量学习，他们就像金字塔的底部。说实在话，程远的作品不是一流，思想高度也可商榷，写作技能也无我欣赏的"后风（后现代风格）"，但我爱读他的作品，虽然我也读像酒一样的作品，但程远的作品给我的感觉，就像我常喝的热茶。程远热爱文化，他的朋友里还有陈嘉映。我问程远，你爱哲学吗？他回答，我爱哲学家朋友呀——哪怕他在酒桌上或爬山时说的话我都觉得有意思，就是跟小说家说的不一样。窃以为，正是有了千千万万喜欢文化（不见得特懂）、勤奋行笔、甘于朴实、不骛虚高的外省的程远一"族"，才有了当代中国文化流转、漫延的更大力量。说得俗一点儿，大作家的稿费里，有小作家省吃俭用而做出的贡献。我不好意思说，小作家是大作家的供养人，但我敢说，大作家是老师，小作家是学生，一个没有学生的老师至少在某个角度是孤独的。程远温和，也许命气不足，他倒挺安于自己当好一个学生的。那就当一个高级学生呗。他的师友好像挺多的，他也在明朗地或偷偷地学艺。

　　据说，这是他第一本结集出版的书。我们期待着。是为序。

　　（阿坚，本名赵世坚，旅行诗人、作家，现居北京。著有《向音乐掷去》《北京千米以上山峰手册》《没有英雄的时代，我只想做一个人》及"流浪系列"等二十余部作品。）

代序二：一幅黑白木刻画般的故乡

甲乙

一个往日小镇的复原和呈现。它像一幅黑白木刻画，绵密刀痕雕刻出心灵的远乡。

程远的新作，是作家程远以自己童年视角，写出的东北小镇树基沟20世纪六七十年代的往事。一个孩子眼里的小镇变迁，因相隔了久远的时空，现已成为作家的记忆库存。这里融入生与死的磨难，恒常的生活苦痛与欢欣并存。这是一份怀想故乡，同时追怀童年命运的"非虚构"纪事。

从卫星地图看，树基沟处在辽东条条鱼脊状山脉的隙缝中。20世纪60年代，这儿算得上是"地老天荒"。程远就出生在这遥远的树基沟。岁月线条经由命运的刻刀，镌刻在他的心灵。一个人的成长离不开所处的环境。孩子是由父母生育教养的，同时也具有社会时代的属性。在某些方面，甚至更像其出生长大的时代。这样的树基沟也一样属于那个年代。

我对程远的"树基沟"似乎有一种说不出来的熟悉感。树基沟是少年程远生活的小镇。只不过比程远稍早几年，我在辽西的大虎山镇度过少年时代。那儿同样山脉环绕，大地漫漫。解放战争时期，惨烈的黑山阻击战就发生在此地。还有马车、火炕、冰河、垦荒地等等，都成为我后来写作的出处。我觉得，树基沟和大虎山这两个相隔200公里左右的小镇，具有某种相似的样本属性。所以在一些方面，我能够理解程远写作本书的况味。

但每个人的"小镇"终归不同。程远的"小镇"显示的是程远独有的叙事特征和思想源泉，当然，这一定和树基沟有着深潜的关联。一般说，我们对一个作家可能很好奇，他为什么这样写，而不是那样写。哦，程远的"小镇"就是一个例证，也算是一种解答。

1983年3月15日，"作家萌芽期"的少年程远，自制了一个笔记本，笔记本上有四十首诗词习作，其中四言二首、五绝六首、七绝十首、五律一首、七律三首、排律一首，词七首，汉俳五首，新诗五首，题名《东风第一枝》。并附有题记："近日尝学诗词，间有小作，暇辄拾理，积久渐多，整理成则。本中前作，多为师阅，丑陋之处，今已做补，罗列与共。游思信笔，不知所言，谬误之处，悉请正之。"——他打算请语文老师孟德义批阅点拨。

次日，心怀忐忑的少年程远将本子交给孟老师。几日后，老师将本子还给他，上面留下几行潇洒自如的批语："初习旧体诗，能至于此，可谓长足进步！望尔不懈努力，持之以恒，必能百尺竿头，更进一步。但有一点，你要引起注意，即无论叙事、抒情、状物，都要心有所真感，然后再诉诸笔端，这样才能真切、感人，否则便会误入歧途，以致游离其词，令人难以捉摸。会给人以不知所云之感。"

"叙事、抒情、状物，都要心有所真感，然后再诉诸笔端，这样才能真切、感人"，其中道出了散文写作的真谛，尤其对一个初始修文的少年而言。这一席话，估计对后来程远的散文写作产生了潜移默化的影响。恩师的话语至今他仍记在心头。

程远的新作收入了《前山》《后山》《铁道》《水井》等，这些都是往日小镇存在的"物象"。它们是静止和沉寂的，有如一组出土文物，意味深长地在时光中打坐。你可以长久凝视，而不用担心它突然消失。程远作品的叙事方正、笃实、沉静，笔下十分有节制，恰如其分而不拖泥带水。写景状物线条清晰，方寸分明，斑痕错落，一如当年旧模样。时光看似是那种老纸的苍黄，明与暗的过渡并无陆离之色，因而每一个场景都有着黑白木刻般的画面感。

程远早年曾经迷恋雕刻和绘画，这种历练可能会不知不觉间融入他的写作中。对于语言的铺排形意，他仿佛手操一把刻刀，在木板上一刀一刀镂刻，刀痕间表现出对象质地，且不无拙朴之风。这样的文体，有一种内在的，甚至惹动心魄的力量。看似平淡，却耐咀嚼，越品越有味道。这里有人生真义，也有艺术之道。

树基沟，这个"大山褶皱里的小镇"，日子起起落落，生生死死。看似平淡无奇，偶尔也会突起波澜，而且不乏惨烈，但不过激起片刻涟漪而已，很快一切又戛然而止。作家写到小学同学王贵富的死，写到父亲跳火车腿膝受伤等，都是简略几笔，却有触及心魄的力道。假如以木刻比拟，这是一种"阳刻"，即布白守黑，山影雀痕。

程远的"小镇"文字，没有太多情感上的拉拽，可以直接抵达事物的本质。通过文本叙述，它变成个人独有的特征，让世界数不胜数的小镇又多了一种形态。

故乡，这是写作者一个恒常的主题。他们下意识或有意识地去追述故乡往事。有的注重直觉记忆，有的试图通过"返思"，得出某种答案。让思想回归源头和总结人生之路，二者并行不悖。

童年总是有一些缺憾，一些不解，还有深切的心灵疼痛。在我们长大成年，乃至进入中老年时代，总在试图自我解答童年的疑问，这是感怀时空变迁，也是人性本质使然。

如果说威廉·福克纳终生写作的奥克斯福镇如一张"邮票"，那么程远的树基沟就是一方木刻。二者的美学意义和思想范畴相通。这让我们得知，世界有多少个作家，就有多少个小镇。当然，这是精神漫游、赤子归心的小镇。

（甲乙，本名叶卫东，作家，现居北京。作品曾在全国多家报刊发表。著有《去黑山》《通往河流的门》等多部作品。）

目录

父亲在天上

姓名：程继恩

性别：男

民族：汉

出生日期：民国十八年八月二日（农历）

家庭出身：贫农

本人成分：农人

籍贯：辽东省海城县第四区草场沟村

到厂时间：1952 年 10 月 4 日

家庭经济状况：

"土改"前有四亩地、三间平房、一头驴

"土改"后有十二亩地、五间平房、一头驴、一头牛

自 8 岁起详情履历：

1936 年，在家放牛

1937 年 2 月 4 日至 1940 年 12 月 23 日，在本村小学念书

1940 年 12 月 24 日至 1944 年 10 月 7 日，在家务农

1944 年 10 月 8 日至 1945 年 5 月 26 日，被迫在满洲矿山做工

1945 年 5 月 27 日至 1952 年 10 月 3 日，在家务农

一

一条公路将村子劈成两半，一半是房顶呈弧形的民房，一半是田地，种着高粱、玉米、大豆、花生等。田地十分广阔，直抵远处的山岗。山岗栽满梨树，如果是春天，梨花盛开的时节，放眼望去如大片洁白的云团挂在那里，一动不动，煞是好看。其实，那山并不高耸，说是土梁也不为过。

"云团"下有五间土房，同样，房顶也是弧形。父亲说，那样不积雨水。

现在，我已经记不清我是哪年跟随父亲回他的老家草场沟的了。估计是20世纪70年代初，我六七岁，上小学前。父亲背着两个土黄色的印有北京车站或是沈阳故宫图案的帆布旅行包，一条麻绳将两包系紧，前后搭在肩上。包里装的是烟酒糖茶，母亲晒干的山野菜、木耳、蘑菇以及手套鞋袜等。当然还有钱。父亲作为长子，这些他要孝敬父母，也要分给父亲的弟妹和亲戚。

那时，父亲在几百公里外的矿山工作，工资52.87元。而从矿山到老家，火车加汽车加徒步，要走上一整天的时间。

二

1955年，海城南台长石矿倒闭。一百多名职工转入沈阳陶瓷厂，不知为什么，只有父亲和一个叫董万里的同志（那时不称同事）来到抚顺红透山矿树基沟坑口。董万里是我妈那边的亲戚。树基沟坑口，乃日伪时期清原金铜矿业株式会社的一个采矿区，出铜、金和锌，新中国成立后，归属红透山矿。父亲仍是井下搬运工——搬运矿石的工人。这个活计，其劳动强度和危险性在井下所有的工种中，仅次于凿岩工。

若干年后，我问父亲：当初为什么没有跟随大部队来沈阳呢？如果那样，我们兄弟乃至后代不就是城里人了？上学、就业、生活，与大山沟里的矿山小镇岂止天壤之别。

父亲没有回答。

三

树基沟坑口分三个竖井采矿点：一个在沙台后沟，一个在北岔，一个在南岔。前两者距离我家有十多里路，后者，翻过我家门前那座小山就是。岔，即大山褶皱里旁逸斜出的部分，也可以叫小沟筒子。不过，绝非博尔赫斯笔下的小径分岔的花园。这里，没什么诗意。

1955 年至 1973 年，父亲在北岔上班。1973 年，我 7 岁。

一天傍晚，父亲班上的同志跑到我家，让母亲带上父亲的衣物和钱，跟他们去矿上。我与弟弟懵懵懂懂，母亲的眼泪却掉了下来。几日后，母亲回来告诉我们说，父亲出了事故，腿摔伤了。一个月后，父亲也从红透山矿医院回来，却拄了拐杖。原来那天下午，父亲与他班上的同志坐在运送矿石的车斗里，从北岔沿着小火车道向北三家车站出发，不久，车闸失灵，几节车厢如脱缰的野马。这时，没有任何办法能够阻止它，也无法与有关方面联系。可想而知，如果火车中途脱轨，或一溜到底，后果都将不堪设想。面对生与死的抉择，在一个山脚转弯处（距我家门前不远），父亲和他的同志毅然跳下了车……母亲说，父亲之所以选择在那儿跳车，是想死了也回家啊！

对此，我深信不疑。

后来知道，父亲不是最惨的。我家邻居绰号李土篮子的叔叔就再也没有醒来。

父亲在家休养了半年，大多数时间躺在炕上，用他仅有的小学四年级文化水平，断断续续地给我们念家里的两本书：《烈火金刚》《难忘的战斗》——前者大家都知道，镇上的广播喇叭和收音机里曾连续播送由其改编的评书。后者原名《粮食采购队》，是一部描写湖北剿匪的小说。父亲的腿伤好了以后，就不再下井了，而是调到北岔对面山上的火药库当警卫。

四

我家住在小火车道下的粮站前白房，这片居民区是后建的。早先，父亲来的时候住职工集体宿舍，后来我母亲带着大哥二哥投奔父亲，全家就在镇外附近的农村和董万里合租了两间房，待粮站前的房屋盖好后，才搬过来。

父亲调到火药库工作后，两班倒。由于路远，且还腿疼，父亲就很少回家，每天抱着那杆三八大盖（步枪）坚守岗位，即使不当班，亦不轻易下山。在地表工作，矿上不发保健（工作餐），父亲就在火药库旁边开块菜地，种上蔬菜，并从家中拿了米自己做饭吃。为此，母亲很是惦记，想方设法做些父亲不能做的面食，如馒头、包子、糖饼，然后让我送去。这是一个美差，不仅可以暂时逃避家里的活计，边走边玩儿，到了目的地还能和父亲一同享受美食。吃饱喝足，再翻箱倒柜，或许就能从哪个犄角旮旯儿蹦出个子弹壳来！那个年代，这可是稀罕的东西，甚至超过毛主席夜光像章。

五

粮站前白房一共住四家，我家把西头，西头有一条斜插过来的壕沟，壕沟外是一农户的田地和公社的打谷场，于是，壕沟就成了分界线。除了房前房后两块菜地，我家园子又向西边延展了几百平方米，这属于"偏得"，用现在的话说是结了地利之缘。

这让出身农民的父亲大喜过望，大显身手。

前园朝阳，一般种低矮的蔬菜，土豆、萝卜、白菜、韭菜、蒜苗、茄子、辣椒、生菜、香菜、西红柿、葱，甚至还种本地很少有人种的花生，可谓种类齐全，应有尽有。后园阴凉，则种一些高挑儿或是需要搭架的蔬菜，如豆角、黄瓜、倭瓜、苞米。有那么一两年，父亲在后园尝试种烟叶，这在我们工人户中实属异类。即便父母抽烟，二哥抽烟，又能抽多少？主要还是为了增加收入。至于烟种得是否成功，作为小孩子的我不得而知。我只记得，那个深秋的夜晚，雨是突然下起来的，当我被窗外的雨声敲醒时，浑身早已湿透的父母正在后园忙碌，他们将沉重的雨布搭向那些正在晾晒的烟叶，踉跄的身影如在梦境。

除了家中的菜园外，父亲还在铁道南的柴火垛旁，前山半山腰的菜窖边，开了自留地，种大豆、高粱和红薯。这些山地，土壤贫瘠，离家远，不便浇水、施肥，长势并不喜人，也容易遭人抄掠，在我看来简直得不偿失，可父亲不这样认为。坚持种地，多种地，就算事倍功半，也是一种收获。

六

我们家没有女孩，或者说曾经有过两个女孩，但都不幸夭折了，为此母亲很是伤心。母亲曾对我说，你要是个女孩就好了，妈妈就有小夹袄了。我明白母亲的意思。母亲身体不好，繁重的家务劳动常使她力不从心。事实上，我也的确自觉或不自觉地帮助母亲做些事情，比如洗衣做饭、喂鸡喂鸭、扫地、刷碗、擦玻璃等等，以至邻家的婶娘称我为"四丫头"。那时，大哥已经上矿参加工作，二哥响应"知识青年上山下乡"的国家号召，到所谓的"广阔天地，大有作为"去了，五个儿子，家里只剩上九年级的三哥、读初中的我和念小学的弟弟。这时，矿里传出风声，1979年将是全民职工最后一次子女接班，错过机会，以后就只能当集体职工了。父亲不得不为三哥考虑，准备提前退休，让三哥接班。

母亲说，老三接班，那四子呢？

再说吧，走一步看一步。父亲回答。

若干年后，母亲埋怨父亲偏心眼儿，如果父亲按照正常年龄退休，那班正好赶上我初中毕业来接。那时候矿上还没有高中技校一说，三哥他们那拨也只实行九年制义务教育。谁知世事难料，就在父亲办理完退休手续后不久，矿上忽然开办了技校，因为是第一届招生，很容易考，那些学习成绩远不及三哥的同学多被录取，反而三哥接了班。这让三哥情何以堪？要知道，三哥仅凭语文一科就可以达到录取分数线！咽不下这口气的三哥，参加工作后，坚持自学，终于考取了省广播电视大学——当然这是后话了。父亲为此很是后悔，觉得这一次失算，没有占到公家的便宜，浪费了资源，有些对不起我。

七

退休后的父亲并没有闲着。是的，他怎么会闲着呢，这不是他的风格。

有那么几年，父亲广种蔬菜，待到秋天，将打下来的菜籽拿出去卖。彼时，我已结婚成家，妻子的二姨夫就是专门卖菜籽的，在老家一带很有销路。如此，他们就成了暗自竞争的对手，而父亲不会骑自行车，东南西北，沟沟汊汊，仅靠脚步丈量能跑多远，不得不趋于下风。为此，父亲对我妻子说，你二姨夫的菜籽都是在县城批发来的，不纯，不像咱家是自己菜园子产的，保真。弄得我和妻子哭笑不得。

父亲喜爱做小买卖，除了生活所迫，也有着一定的渊源。三叔曾说，父亲爱耍小聪明、小伎俩，凡事不想吃亏。比如十几岁时，在老家石材矿打工，每到吃饭时，父亲总是先盛多半碗饭，待大家一碗饭还没吃完时，他就已经开始盛第二碗了——这一碗当然是满满实实甚至带尖的。比如装石料需要人员跟车，从矿场到南台火车站，往返几天，父亲总是找借口不去。去，就没有时间帮家里干活儿啦。抗战时期，作为家中长子，父亲应征给八路军伤病员抬担架，没过多久就回来了。让三叔记忆最为深刻的是，20世纪50年代初，父亲在鞍钢做了一段临时工，每次休班回家都要挖些花生带回去，卖给城里的工人。那时，草场沟常有野兽出没。为了赶上甘泉铺去鞍山的早班火车，天不亮，父亲就带上花生和铁秤出发。一次，出村不远，见一只狼拦在路上。怎么办？父亲想起身上背着的秤盘秤砣，索性使劲儿地敲打起来，最后弄得那狼好不心烦，终于遁去。

以上这些短暂的打工生涯，由于父亲都未能坚持到底，就没有计入个人工龄。亏吃大了。三叔说。

八

与所有矿山人一样，父亲爱喝酒，也喜欢结交朋友，尤其是那些同他一样生活在底层的人。邻里乡亲，也是和睦相处，虽说过日子精打细算，甚至有些抠门儿、小气，但出手大方也是常有的事。

在父亲腿摔伤痊愈不久，还未分配到火药库上班之前，在坑口后勤做临时调动，给矿山买柴火。这段时间，父亲和周边很多农民成了朋友，其中有小个子张叔、大个子冷疤瘌眼叔。前者父亲通常叫小张；后者往往直呼绰号，对方也不恼，憨憨一笑。记忆中，他们常来我家串门，顺便带一些土特产。这时，父亲也会留他们在家里吃饭、喝酒，母亲则找出一些旧衣物，包括矿山发的劳保用品，装进他们的口袋。如果是年根底下，还会给孩子们包去五块十块钱。

我家一直养猪，一年一两头。每逢腊月杀猪，父亲都要请客。我的语文老师、二哥学木匠的师傅、三哥两个最要好的同学、和父亲一起来树基沟工作的老乡（除董万里外，后来陆续还有几个海城老乡来），以及粮站前白房其他三家的老爷们儿等等，都在他的邀请名单之列。如果哪家缺席，傍晚，父亲就会打发我们给送去一条肉、两根血肠。大家吃喝完毕，父亲将剩下的大部分猪肉、猪骨头连同猪头、猪腿、猪手放进仓房的大瓷缸里，再压上一块石板，这一冬，甚至到开春都够吃了。只是有一年，半缸肉被贼人偷去，惹得全家很不愉快。父亲的牙，一直疼出正月。

九

父亲兄弟姐妹八个，大姑、二姑、父亲、三姑、二叔、三叔、老叔、老姑。父亲排行老三。印象中，我没有见过大姑、二姑、二叔，他们去世早。不过我知道他们八个人中，父亲和三叔、老叔、老姑关系最为密切，其中三叔中专毕业，分配在哈尔滨工作并定居那里，老姑嫁到鞍山，老叔一直在家务农。如前所述，我是去过几次父亲老家的，也去过哈尔滨和鞍山，探望三叔和老姑，但这些不是我这篇文字的主要内容。我要说的是，即便我没有去过他们那里，我也是经常和他们三位长辈有着联系，因为父亲忙，给亲戚们的信时常让我代笔，什么家常信、拜年信，都有。久而久之，我似乎也有了写信的兴趣，即使父亲没有叮嘱，也会与叔叔姑姑们鸿雁频传，互报平安。

无疑，那是一个写信的时代。

不只写信，家中的春联也是我们自己写。

记得每到腊月二十九的晚上，父亲将白天买来的红纸用剪刀裁好，折成大小相同的印格，把墨水倒进瓷碗中，把毛笔润开……抬起头，做一会儿沉思状，父亲开始提笔书写，其字其词，颇有一种妙手偶得的意思。我和哥哥弟弟围在一旁，或拽纸，或扶桌，或争抢着拎起写好的春联、春条和福字摆在地上炕上晾晒。那时，我们并不知道父亲的字儿写得如何，词儿措得怎样。父亲只有小学四年级文化水平，我们更是懵懂无知。现在想来，父亲写的春联估计也是民间常用的那种，什么"一元复始，万象更新"，什么"天增岁月人增寿，春满乾坤福满门"之类，但此情此景，一定像种子一样深深埋入我们心间，直到三哥开始动起笔来，然后是我——写下人生的第一副春联，且有些得意地问父亲写得怎样。

父亲指着一个字说，这个捺——甩得太长了——如果用锯条拉掉一截就受看多了！弄得我一阵脸红。

十

父亲能干活儿，性子急，脾气倔，这在镇上是出了名的。母亲体弱多病，操持家务已是不易，还要照顾我们，尤其是上班的父亲。家中不仅好吃好喝的尽他，就是热炕头，也永远是他的位置。即便这样，父亲还会因为哪里不对劲儿，或是在班上不顺心，或是在外边干活儿累了而生气，急眼，发脾气，找茬儿。如果母亲接茬儿，稍有反驳，父亲就会大放粗口甚至大打出手。

记得爷爷奶奶在世的时候，每年父亲都要回老家一两次。临行前几天，他就开始张罗，除母亲早已给准备好的礼品外，父亲还要把矿上发的自己舍不得穿的新工作服、手套、鞋帽之类，折叠、捆绑起来。他更是在前一天晚上，掏出那把只有他自己知道藏在哪里的钥匙，打开炕头架子上的木箱，掏出一个铝饭盒，把家里的钱悉数拿出，装进一个信封——那个饭盒我见过，里面装有现金、粮票、布票、棉花票、邮票，也有父亲的工作证、党员证、工会会员证，甚至毛主席语录本，但这些似乎不重要，或者说在此时不重要。

母亲嗫嚅道，不给家里留点儿？声音小得几乎和没说别无二致。

父亲不吭声，脸却拉了下来……

父亲永远不会去哄自己的女人。在他看来，这些仿佛都不是男人该做的事情，但他需要女人。即使在吵完架后，母亲尚在悲痛欲绝之中，夜深人静的时候，亦能听到他伏在母亲身上发出粗暴的声响。

十一

20 世纪 90 年代初，树基沟大多数职工家属开始迁往他乡，曾经热闹的矿山小镇，这时已变成一个寥落的村庄。在我们兄弟的极力劝说下，1995 年，父母才下决心搬到红透山矿上来。他们先是租住在 101 沟的一间平房，因靠近南山，父亲除了侍弄房前一片菜地外，更是如鱼得水般上山捡干树枝、搂松树针回家烧锅热炕，为此而省下煤钱。不仅如此，父亲还让三哥给他找临时工做。拗不过，三哥也只好从命。记得有段时间，父亲在距家很远的苍石尾矿坝打更，每次下班回家，也都要背上两捆柴火，从山间小路到矿区大道，蹒跚而行，高耸的柴火压在父亲弯曲的背上，让人疑心是不是整座大山他都要搬回家来。

其时，我们兄弟五个都在矿上工作，即使算不上体面，也有着很多朋友、同事，我经常听到这样的话：你爸那么大岁数了，该让他歇歇了。仿佛我们是不孝之子。

十二

1996 年冬天，母亲病逝。两年后，我的女儿 5 岁，我决定辞职去沈阳谋生。犹豫了几天，终于把这个事情告知父亲。

父亲说，去吧，少喝酒，安排好家。

之后，我每一两个月回矿上一次，看望妻女，也看望父亲、兄弟。母亲走后，一向桀骜不驯的父亲一扫往日的威风，开始变得木讷、蔫儿巴、少言寡语。每年的清明节、中元节、元宵节和春节前几天，我们兄弟几个都要结伴去给母亲上坟。多数时候，父亲也要求跟着去，甚至不是上坟的日子，他自己也常到母亲的坟地，闷坐半天。父亲没有什么娱乐爱好，也不愿到邻居家串门，更不会去离退休人员活动室。打扑克，下象棋，搓麻将，哪怕是和老同志唠唠嗑呢，但他从来不去。父亲只会玩儿一种最简单的纸牌游戏，但也要到过年的时候，给家里人凑个手。

有那么一段时间，经人介绍，父亲和一个老太太过在了一起。我见过一次，但我并不清楚对方姓甚名谁，只知道不是矿上职工家属，而是附近的农村户——这有什么关系呢，只要身体健康，两人性格合得来，或者干脆说对我爸好点儿，能洗衣做饭，收拾一下屋子，彼此说说话，安度晚年就是我们作为儿子的最大心愿！可好景不长，没多久，两人就分开了。

三哥说，对方一直想和父亲登记结婚，这样，如果父亲去世，就可以领取矿上的丧葬费，甚至继承家产——虽然也没有什么像样的家产。这样的事在矿山很是普遍。父亲不松口，人家就认为他没有诚意。

想来，这也是没有办法的事情。

十三

2010年，在沈阳，我终于买了自己的房子。搬家那天，三个哥哥一个弟弟陪着父亲前来祝贺。饭后，坐在我们新居的客厅里，弟弟说，这次爸爸来就不准备回去了，在你家住些日子。你家小区规划得这么好，有利于爸爸恢复身体健康。

那时，父亲已经患了脑血栓。

妻子赞同，说给老爸买个轮椅，每天可以下楼去小区里转转。

我未置可否。我想这也许是弟弟就那么一说而已。我们刚搬家，很多事情还都没有安排妥当，况且我和妻子要上班，女儿要上学，父亲来，谁又能有时间陪伴他呢？等过了这段时间，一定把父亲接来。谁知父亲回去后，身体每况愈下，除脑血栓外，又检查出肺癌（父亲曾被职业病医院鉴定为矽肺5级）。我每次回老家，虽想尽量多陪陪他，吃饭，说话，沿着矿区公路遛弯儿，一起看看曾经辉煌的矿山，但他的兴致明显不高，总是懒懒地找个地方坐下来。我知道，父亲和大多数年老的矿工一样，迎来了他们的"晚期"——2010年8月23日，农历七月十四日，距父亲82岁生日还有半个来月的时间，父亲在故乡去世。

父亲终是没有等来我接他到我的新家住上一段日子。正应了那句古话：子欲养而亲不待！

父亲，正奔往去见母亲的路上。

此后，他们，都在天上。

母亲的记忆

一

母亲生了七个孩子，五男二女，二女夭折。剩下的五个儿子，大哥、二哥生于老家海城，三哥、我和弟弟生在树基沟。树基沟是一个矿山，招工时父亲从老家赶来，几年后，母亲也带着大哥、二哥投奔到这里。

父亲说，母亲来除了带两个儿子，还有两样东西：一把剪刀，一个袜板。

剪刀是生活的必需品，缝缝补补离不开它。袜板也很有用途，一家人的袜子都靠它来织补。其实，对于母亲来说，最有用的东西是纺车。母亲有纺线织布的手艺，在老家就是靠这个过活，但她知道在矿山用不上。矿山都发劳动保护用品。而她要照顾孩子，伺候父亲，料理家务，即使将纺车带来也无暇使用。

二

春秋两季，母亲天天下地，像疯了似的劳作。春天去挖野菜，人吃，猪也吃。秋天则是捡地，矿区外的沟沟坎坎旱地水田，无不留下她瘦小的身影，仿佛米勒笔下的拾穗者。

这个季节，一天里就很难见到母亲。一觉醒来，往往是饭菜热在锅里，她却早已迎着朝霞走向田野，到了晚上，又迟迟不得归来。甚至一连几天，母亲住在十几里外的村庄，白天捡了苞米谷子，夜晚就用手搓将下来，分门别类，装进口袋，直到带去的口袋都满了，才肯背回家来。

有时夜雨滂沱，本想母亲不会回来，可她却敲响了门。

三

夏天，居民区外北山脚下的河套哗哗作响，水落石出。这时，母亲就会把全家人需要浣洗的衣服盛在水盆里，一次次举向头顶，与邻家婶娘一起，沿着学校边上的那条小路走向河套。不同的是，邻家多有女儿帮忙，唯独我母亲只身一人。如此，母亲就将家鹅赶上，让鹅儿在水中游泳，自己在石上洗衣。如果是棉衣棉裤，是父亲下井时穿黑的作业服，母亲还要带上那个光滑白亮的棒槌。

母亲远去的背影，常让手持书本坐在院子里的我感到羞愧。心想，幸亏母亲没有裹小脚，不然那将是怎样的一串足迹！这时，我也会想起早夭的姐姐。母亲说这是命。

四

父亲在矿上工作，一二三班倒，即便这样，家里的房前屋后甚至铁道南的山坡上也开了大大的菜园，一个人干不过来，母亲就去帮忙。苞米、大豆、高粱、地瓜、白菜、萝卜、土豆，甚至旱烟都应有尽有，自己吃不了，拿到集上卖，或是送给亲戚邻居。此外，家里还养了鸡鸭鹅狗猪。在那个年代，颇有奔小康的意思，但背后的艰辛，难与外人道。

比如白天天气预报说无雨，不料夜里忽然电闪雷鸣，风雨交加，刚刚躺下的母亲立即起身，第一个冲出门去，将原本晾晒的烟叶盖起，将柴火抱进屋里，将鹅鸭赶入圈中，而她的浑身已经湿透！

父亲上夜班，母亲是家中唯一的将领，也是最深的受害者。

五

母亲喜爱花草，尽管日夜忙碌，她也会抽出时间在房前屋后的空地上栽些好看的花儿，有海棠，有芍药，有月季，甚至还有罂粟——罂粟的花籽具有解痛的功效，家人或邻居，谁的牙疼了，母亲就用指甲抠一小粒敷在牙缝里，很是管用。父亲总是担心这些不顶吃不顶喝的东西欺压菜园，有时，竟连根铲除了。母亲也不恼，她会将一些花儿移栽到大大小小的盆罐里，放在窗台上。只是到了深秋的傍晚，这些盆盆罐罐就要一一搬进屋里，待到第二天上午太阳出来，再搬将出去，直到霜降，这些花儿才在屋里安顿下来。而出出进进的母亲，望着她们，脸上就会挂着笑意。

六

母亲一度有轻生的念头，因为她受不了病魔的纠缠，也受不了父亲的打骂。母亲藏有一块红矾，这让我很是害怕。

那时，父亲脾气不好，入井开矿自是辛苦，下班后还要上山打柴，下田种地。尽管母亲服前伺后，温酒炒菜，但稍有不顺，父亲则张口就骂，举手就打。母亲只好忍气吞声，或是哭着跑出家门，我和弟弟紧紧追随。母亲说，妈不会死，你和弟弟还没有长大呢。我不相信，就掰她的手，看她是否攥了红矾。

母亲不在家的时候，我也经常翻箱倒柜，在包裹里、衣服里，甚至她的装老鞋壳里，寻找那致命的东西，可我总是落空。这样的恐惧持续了很久。

七

邻家的婶娘都是矿山工人，每月拿着几十元的工资，生活很是自主，可母亲没有工作。母亲也曾是矿山的临时工，只是由于照顾我们，而没有坚持到最后转正。为此，她很后悔，也很自卑，但更多的是自强。

母亲买了一台缝纫机，闲时用它为我们做衣裤，还做鞋垫卖钱。她做的鞋垫既结实耐用，又十分美观。母亲有设计的天赋，她总能用不同颜色不同形状的布角组成各种好看的图案。即使没有花布，哪怕是清一色的黑，也要用白线扎出花鸟鱼虫、梅兰竹菊，惹得顾客爱不释手，久久不肯放进鞋里。

那时，我和哥哥都在矿上工作和学习，母亲怕我们难为情，就常常躲在集市的一角。中午也不去谁家吃饭，而是自己带了饽饽，或是买一碗豆腐脑儿悄悄吃掉。就这样，母亲不仅攒下了一些零钱贴补家用，还时常偷着给我。

八

从小没有上过学的母亲，对我们的学习却很重视。她不像父亲，父亲虽然有文化，可对孩子们的学习并不关心。他说井下出矿石，地里长庄稼，学问多了也不能当饭吃。母亲不这样认为。

那时我沉浸在书画艺术的王国，也每每为文学而着迷。如此爱好，就需要笔墨纸砚、书籍画册，母亲就用平时积攒的零钱给我买。我写的字作的画挂在家里，她看了很高兴，还常常问我这些字都念什么。告诉了她，她就复述几遍，有时正确，有时相差十万八千里。如果报刊发表了我的文章，她更是让我读给她听，然后会心一笑。

九

母亲身染多种疾病，且做过胆结石手术，矿上的医院拿她没有办法。一次，二哥从知青点回家探亲，父亲就让他和我带母亲去102医院找大姥爷。102医院是沈阳医大在南口前镇海洋村组建的一所多学科医院，从事科研、教学和医疗救治工作。大姥爷在那里当医生。

去102医院没有直通车。我们从树基沟坐小火车到北三家，剩下的路就只能步行了，其间不仅要翻山，还要过浑河。时逢雨季，泛黄的河水在松木桥下汹涌翻滚。二哥背母亲过桥，我挎着包袱，摇摇晃晃紧随其后，谁知快到桥头时，一不小心将臂上的包袱落入水中。要知道，包袱里除了带给大姥爷的木耳蘑菇等土特产，还有母亲的换洗衣服。二哥见状，在我的头顶举起了他那满是老茧的手，但被母亲拦住。

母亲笑着说，没事，正好不想在那儿住院呢，浪费钱。

十

1996 年的冬天，我和妻子、女儿住在大哥家的一间不足十平方米的小屋里。还有母亲。她得了肺癌，已是晚期。我哄骗母亲说是肺炎，吃些药打些针就好了。母亲说，那就回家吃药吧。我说光吃药不行，我家离医院近，打针方便。其实，我明知母亲去日无多，只是想在她老人家膝前多尽一点儿孝心，而母亲又何尝不知自己的生命已到尽头。我们仿佛在捉迷藏。

母亲在我们家住了四十多天，就回到父亲身边去了。她不愿意拖累我们，她也心疼那打针钱——因为没有工作，她的医药费矿山只承担一半，即使另一半我们兄弟都愿意支付。

这就是我的母亲，生活在贫困之中，却仍然怀揣着善良，即使在她生命的最后时刻。这也是我的母亲，在她仅有的六十七年的朴素人生中，给我留下的最后记忆。

前山

前山在205小火车道南，也叫南山。205小火车从沟里终点站到沟外北三家站，蜿蜒十余公里，既拉矿石，也拉人，是小镇独特的风景。小镇，叫树基沟，我的家乡。20世纪60年代的某一天，我出生在小火车道北边的一座白灰房里，从此，面山而居。

三哥说，你刻一个印章吧，就刻：面山而居。

那时，三哥爱好文学和书法，我则喜欢篆刻。现在想来，印章一定是刻了的，也一定是盖在了三哥买的那些书上、字帖上，那些写满颜筋柳骨的大大小小的纸片上，很像那么回事。遗憾的是，今天，当我想写这篇文字的时候，翻检那本自制的已经残缺不全的印谱，却不见这一枚——算了，反正这里也不是谈什么印章，用不着印证的。

这里，说的是前山。

从粮站下片居民区到前山共有三条路：一条是东边的，即通过吴佩成家门前的那条可走马车的大道；一条是我的同学王贵富家房后的；再一条就是西边，也就是我家所在的这趟房前的。后两条过铁道都是小道，且方向有所不同：我家门前的这条，过一片苞米地后，几乎是直对着正面的山顶而去，绝无旁骛；王贵富家房后的那条，走着走着就向东偏移了，直到我的另一个同学贾兆良家门口，再上到一个小山包，与从吴佩成家那边过来的大道交会，不远，又分开了——小道奔山梁，大道通向山腰中的树林——那里是矿山南岔竖井的通风口，建有组扇房。总之，无论是走哪条路，前山都不算远。

记忆中，我是经常一个人去前山的，打柴、采山菜、捡蘑菇。前山离家近，坡缓路宽，即便走不了马车，带车子（东北地区一种拉货的人力车）、雪爬犁还是绰绰有余，不像后山，陡峭阴森。当然，我更愿意结伴去。那时，我们正念小学，三哥念中学。我说的我们，是指居住在粮站下片的我的发小儿兼同学刘波、孙朋、王贵富、韩朝汉、曹大军，也包括铁道南的贾兆良。

那时没有双休日，只有星期天，但周三周六都是半天课，每每这时，我们就要去前山干点儿什么。一般情况下，我们都走贾兆良家门前的那条道，顺便也问问他去不去。然后穿树林，过山岗，最后绕到前山最高处，也就是有着几块大石砬子的地方，放下装满蘑菇的柳条筐，或是绑了四捆柴火的架子，脱掉外衣，攀上砬子，眺望山那边的矿井塔、废石堆和厂房。偶尔有人影移动，是下班的工人和往山沟深处去的农民。那里有一个叫许家坟的地方，住着几户人家。

孙朋说，许家坟的蘑菇才多呢，尤其红蘑。

孙朋是采蘑菇好手。不仅采蘑菇，打柴火、挖野菜、种地等等，都在我们之上。可往往这时，太阳已经偏西，我们只好下山。其实，许家坟我也是去过的，就是比许家坟更远的地方，我也去过，不过是跟哥哥，而非这些毛头小子。这是后话了。

前山不仅是我们这些孩子帮持家业的好去处，亦是闲时玩耍的乐园。特别是秋天，山脚下那片高高低低的田地，苞米、高粱、大豆、土豆，应有尽有，只要农人不在场，我们就可以在里面捉迷藏、玩儿打仗，累了还时常偷吃地里的红薯、萝卜、黄瓜，实在不行，就吃乌米——一种发育不良且含黑色素的苞米。到了冬天，这片空地则是打雪仗的战场；如果再玩儿得野些，还可以背上爬犁，上到半山腰甚至山顶，往下放。当然，这很危险，上片一个绰号叫三老头子的待业青年，就撞在了树上，肠子都给划出来了，却没死。我和三老头子的弟弟霍绍文是同学，我说，你哥命真大！他说，侥幸呗。

可王贵富就没有这般侥幸。

那是一个夏天。黄昏。不知为什么，王贵富和家人吵架后风也似的跑出家门，穿过铁道以及铁道后面的柴火垛，直奔前山，边跑边伸手在裤兜儿里掏着什么，嘴里呜呜啦啦的（他有些口吃）——最后，在山脚下的田地里站定，将手里的东西仰脖灌下。追上来的人，有他的哥哥、爸爸、妈妈、邻居，还有我们几个同学，但都已措手不及——他的手里，攥着一个刚喝了一半的敌敌畏塑料瓶。

王贵富是我非常要好的伙伴。他体格健壮，几乎能装下我。我们一起去山上打柴的时候，往往都是他帮我捆腰子、搭肩，翻山梁时，也会主动返回来接我。那时，我们的父亲都在北岔看火药库，我们也经常一起去送饭，两家相处很近。

谁知，半瓶敌敌畏夺去了他的生命。

那年夏天，我忽然觉得日子寂寞、漫长。通往前山的小道，茅草疯长。

以后，上中学了，学习紧了，去前山的次数也少了。这时，除篆刻外，我对绘画也发生了兴趣，中学唯一的一位美术老师成了我的良师益友。只是老师家住在上片，离我家远，加之老师擅长的是素描、玻璃画，而非我喜欢的国画，所以去老师家讨教的时候并不多。与二哥在一个知青点的曲贵平，那段时间刚从农村抽回镇上，在家待业。二哥说，曲贵平也画画儿，跟他学吧。曲贵平家就住在前山脚下，与贾兆良家遥相呼应，而且，曲贵平的弟弟曲贵友也是我的同学，曲贵平的妈妈和我的妈妈又经常一起捡地，有了这几层关系，去向曲贵平学习也就成了顺理成章的事。只是，曲贵平是自学一路，技法上难比科班出身的美术老师——管他呢！画着玩儿呗。

于是，没事儿的时候，我就总往曲家跑。

于是，我看见曲家那三间黄泥小屋的墙上，贴着猛虎上山、鲲鹏展翅、小桥流水。最大的一幅中堂画的是黄山迎客松，上题陈毅的诗：

大雪压青松，

青松挺且直。

要知松高洁，

待到雪化时。

曲贵平告诉我，绘画除了笔墨技法之外，还应该有其他更重要的东西，比如意境，比如思想。我似懂非懂地点着头，做崇拜状。

后山

树基沟镇有两所学校：一所是小学，一所是中学。小学坐落在沟里，也就是205小火车站南面的山坡上，坡下是幼儿园、镇政府、俱乐部、医院、派出所和厂矿办公室，属于党政机关中心。再往下，快出小镇的地方才是中学和粮站，分别位于公路两旁。

我家住在粮站后院前的一趟白灰房里，靠西头，挨着一条排水沟。我们习惯叫西壕沟。

春天，几场雨后，西壕沟边的柳树毛子开始泛绿，学校操场上的白杨树也吐出了叶子。这时，三哥就会做支柳笛，放在书包里，上学放学都带着。我却不谙此道，很少弄出声响。更多的时候，我是坐在教室靠近窗子的位子上，望那一天比一天绿的白杨树叶，和那树叶后面囫囵囵的一座大山。我不知道，山上是否有座庙，庙里又是否有个和尚有个缸。

哥哥说，这些都没有。

哥哥带我去学校后山，打柴、捡蘑菇。

其实，我们很少去学校后山做这些事情。我们一般都爱去前山，这倒不是就前山柴火茂密，蘑菇鲜美，主要是因为前山坡缓，也离家近。后山，得绕过学校围墙，过山脚下的河套上的小木桥，再从老单家或是老曲家门前的菜园子边过去，上到后山的小道。这让人着实有些别扭。

印象中，我自己只去过一次后山，接父亲，并且没有翻过山岭，只是在山腰上的松树林边站了一会儿，天快黑了，不见父亲的身影就回家了。

那时，父亲在矿上采购组负责买柴火，常去周边的村庄。如果顺着小镇公路出沟，到一个叫大洋号的地方分岔，右转是北三家方向，左走是莫日红方向。北三家是人民公社，那里有铁路，不仅通往比树基沟更大的矿山红透山矿，还通往县城、省城，甚至北京。但这个方向很少有柴火出售，虽然其间也经过几个村庄。父亲常奔的是莫日红这边。莫日红是长白山龙岗支脉，也是本县名山，有着茂密的原始森林，山下散落着西大林、尖山子、下川子、李家堡、牛肺沟、上二道沟等村庄。无疑，这些村庄是供给柴火的首选之地。父亲往往是一去几天，谈价、订货，事情办妥后才从学校后山徒步回家。父亲很少走公路，除非是驾驶马车带领工友去拉柴火的时候。

后来，父亲工作变动，就不再去莫日红山下那些村庄买柴火了。

除父亲常走学校后山外，母亲也走过，几个哥哥也走过。母亲去山那边的村庄捡地，哥哥去莫日红山伐木。而我的发小儿孙朋，更是往后山跑，砍柴火、捡蘑菇、采山菜、套野兔、打山鸡，无所不能。这不仅是因为他家有一支老洋炮，还因为他有大把大把的空闲时间——孙朋初中没念完，就回家准备接爸爸的班了。

孙朋告诉我，后山有狼，别一个人去！

这让我有些害怕。

但我还是总想着后山，想着校园白杨树后面的后山，想着站在家门前小火车道上望着的后山。那是一个我所不知的世界。

有一年冬天，二哥放假，从知青点回家。他对我说，明天早点儿起来，带你和三弟去莫日红山伐木头。这让我兴奋不已。

傍晚，我们用豆秆稻草堵了北窗，用破棉衣烂棉被暖了南窗，吃过母亲蒸的菜包子，早早地钻进被窝儿。睡不着，就睁大眼睛，呆呆地望那糊满报纸的棚顶。二哥就说，咱们找字玩儿吧，看谁找得快，念得准。每人一次机会，然后睡觉。

二哥念，工业学大庆，农业学大寨。

几只眼睛一齐拉向棚顶，从那密密麻麻的标题中寻那一句话来。

弟弟眼亮，用手指向棚角，高声叫道，工业学大庆，农业学大寨——他是不认识那一个"寨"字的，于是，引起一阵笑声。

三哥说，源资贵宝的限有类人是水。你们找吧。

兄弟们大汗淋漓之后方才大悟：水是人类有限的宝贵资源。

我说一句，红星闪闪照我去战斗。说完，蒙头就睡。他们三个找了半宿也没有找到。次日我揭开谜底，玩儿得乏了，闭上眼睛忽然想起电影里的潘冬子，就脱口溜出了一句，气得哥儿仨一脸沮丧。

去莫日红山伐木头，我知道哥哥们为了赶时间，都是起早走学校后山，然后再穿过西大林、尖山子，最后爬到莫日红山上，寻找那些双手难以合拢的粗壮的树木，用铁锯锯倒，再锯成一拃厚的形状，背回家当菜墩。这些菜墩很结实，能用好几年。二哥送给过邻居，也送给过远在鞍山海城的姑姑叔叔。

现在，我已经记不清那天跟哥哥们去莫日红山的情景了，也不知道是否寻找到可做菜墩的树木。但那一定是个寒冷的早晨，我们急行军一般，沿着学校后山的小路，很快就到了山顶，哥哥们抽烟歇息，我则气喘吁吁地俯瞰山底：原来，这是一个比树基沟更大的沟！不仅平坦宽阔深远，而且村庄毗邻，群山相拥，远处袅娜的炊烟，挥手一般召唤我们。

这，应该是我第一次走过学校后山，看到的山后风景。

更多的时候是每天面对着它，或在它脚下的河套游泳、洗衣、放鹅放鸭，小镇唯一的一条河流，就在它的脚下缠绕。直到有一天，我们转到红透山矿读书、工作，学校后山乃至后山之后的那些村庄开始变得模糊起来，但我从没有忘记，甚至几个夜晚都做着同一个梦：自己走上后山小路，俯身趴到山梁上，那山梁又与现实截然不同，仿佛一只大碗的蓝色边沿儿。山下也不是散落的村庄，而是一望无际的大海，无数条鱼儿在海里畅游，珊瑚鲜艳，水草丰美……醒来，唏嘘不已。

　　2017 年 7 月，莫日红山脚下，也就是西大林、下川子一带开始兴建一座大型抽水蓄能电站，是国家重点能源工程，也是振兴辽宁重点项目，计划 2023 年实现首台机组发电。可以想象，在不远的将来，当我们再次站在后山顶上手搭凉棚俯瞰碧绿的湖面时，或许也会像伟人那样，生出"高峡出平湖"的感叹。据悉，县乡两级政府已将此地列入全域旅游规划圈，对于曾经偏居一隅的故乡，无疑是一件好事。

　　而若干年前的那个梦境竟如同谶语一样，让我着实有些惊异。

铁道

作为镇上两条交通要道之一，铁道似乎比大道胜却一筹，它不仅承载矿山物资的运输，还是人们出入小镇最为便捷的途径。那辆只有两节绿皮车厢的小火车，每天两次往返于镇内镇外，逢周一、周六，早晚还要各加一趟，以方便外地职工通勤。

铁道沿着连绵的南山脚下，随势赋形，从镇上沟里的北岔一路蜿蜒，直至11公里外穿过一个隧道，悬在北三家乡后山腰上。

我家住在铁道北边的一趟白灰房里，靠西头。从西往东依次是刘波家、孙朋家和杨柏栋家，我与前两者是小学同班同学，杨柏栋则高我们一届。所以，每天上学，我一般都是和前两者一起走，走铁道。放学就不一定了，也许谁值日，也许谁因为作业没有完成、考试没有考好而被老师留下。其实，即使按时放学，我们也愿意走大道了。热闹啊！如果不是急着回家的话，还是可以玩儿上一会儿的。

后来刘波常说，小时候，我总让他背书包。

意思是我挺说了算，当时。

我们吃过早饭，走出家门，从杨柏栋家旁边的小路上到铁道，走一小段，刘波说，出了我们家那趟房的玻璃窗里还在用膳的大人们的视线，我就会摘掉自己肩上的书包让他背，且美其名曰：挎双匣子（枪）！

为什么不给孙朋挎？理由是孙朋不爱学习，一个书包就够他受的了！直到学校教室门前，我才接回自己的书包。

是这样吗？我也不大清楚。总之，整个小学期间，我们几乎都是沿着这条铁道上学的。而那些发生在铁道上的故事，也远不止此，比如上片和下片半大小子打架，也往往在铁道进行。上片，指百间房，也就是我们的另一个同学谷守红家所在的居民区，那片的淘气包中好像有三老头子、姜宝元、郭德宝、李刚等；下片，就是我们粮站下片，比较刺头的是王贵福、丁宝五、姜四、二孩、宝锁和杨锁柱子，杨柏栋五哥杨柏良。他们有的是同学，不是同学也是一届或上下届，因了什么矛盾而起争端，但他们又不敢在学校里打，而是放学后，或者晚饭后，约到铁道上，每伙一二十人，相距四五十米，起先是对骂、叫嚣，最后纷纷弯腰捡拾铁道上的石子儿互掷，不仅敌进我退、敌驻我扰、敌疲我打、敌退我追，甚至还利用铁道南空地上的柴火垛做掩护，绕道学校前面付存家房后的那条小路包抄等等战术，直到有人肉搏起来，或被飞舞的石块击中头部，溅出鲜血——战斗（对，我们都这么叫）才告结束。

记忆中，作为下片一员，我一定是参与过的。起码跟着起起哄。

当然，这种事情也不是经常发生。

更多的时候，我和孙朋、刘波背着炮兜子（矿上一种装炮药的帆布兜儿）沿铁道往下走，去几公里外的大地挖野菜，捡拾粮食，或是给家畜弄饲料。这也要是星期天，或周三、周六的下午。平时，除了早晨上学走铁道，傍晚没事的时候，我们也会去铁道玩儿，赶上小火车开来，就急急地将早已揣在衣袋里的几颗铁钉放在轨道上，看那呼啸而过的车轮是怎样将铁钉压成一个个弯刀剑戟的，然后撮拾，然后烫手。没有火车来，我们就坐在瘦瘦的铁轨上，望那道下的白房，看房顶上的烟囱是否冒出炊烟，往往这时，谁家的母亲就该站在院子里，面朝铁道，喊孩子回家吃饭了。如果是冬天，过年的时候，我们就会帮着大人把自家门前的灯笼杆竖立，将红红的灯笼挂起，再跑到铁道上，比谁家的灯笼杆高，红灯笼亮。我们甚至要在铁道上梭巡起来，俯瞰整个片区，挨家挨户地数着、点着、评着、论着，如此一番折腾后才肯回家。

文章至此，我忽然想起一个有趣的事情：挖地道。

铁道南有一块撂荒地，属于那种种啥不长啥的地方，农民不要，工人不睬，如此就成为我们这些半大孩子的欢乐场。有一天，杨柏良对我们说，挖地道吧，像电影里那样，等日本鬼子进村咱们偷袭他们！结果可想而知，铁道南顿时响起一片欢呼声。小伙伴们纷纷跑回家里，拿铁锹、扛洋镐，雄赳赳、气昂昂地来到铁道南，在那块宽阔的空地上掏出一个个深坑、一条条暗道，亦在每个出口盖上油毡纸、草垫子和柴火，伪装成敌人不易察觉的样子。不出几日，一场新的地道战就打响了！在杨柏良的领导下，我们不仅分成了敌我两伙，还效仿抗战影片，有了司令、军长、旅长、营长、连长、排长、班长，甚至双枪李向阳、大刀王五、抗联将领杨靖宇等等英雄豪杰，都被我们率先充当，而那些日本鬼子汉奸走狗，则避之犹恐不及。

那时候，有一个和杨柏良一起玩儿的比我们大五六岁的小子，叫老娃子，不爱上学，却愿舞棍弄棒，打个空翻什么的，我们都羡慕不已，就想跟他学武术。他斜眼一瞧说，你们？不是那块料！可是，有一天放学，路过他家，他突然把我叫住，让我跟他到一个柴火垛旁，神秘兮兮地说，你不是想学武术吗？行。练武得先强身健体，你帮我把这些柴火倒家去！呼哧呼哧，我跟着他倒柴火，直到天黑妈妈喊我回家。可日后看见，他却像没事似的。我把这事告诉了刘波和孙朋，他俩也说挨过类似的骗。于是，我们蓄谋报复老娃子。

老娃子经常去南山砍柴，或伐木头。贾兆良家边上的羊肠小道是他的必经之地。

　　那天早上，我们确认他带着绳子和锯上山去了，下午我们就谎称学校劳动，从家里拿出铁锹，偷偷来到铁道南的那条小道上，齐心协力挖一个两尺多深的坑，又注入粪汤，再把一块油毡纸盖在上面，最终敷上泥土和杂草，伪装得和原来一样。做完这些，我们躲进不远处的柴火垛后，耐心地等待着老娃子的出现。

　　结果可想而知——一根粗壮的木头从老娃子的肩头滚过，左脚扭伤，粪汤灌满靴筒！我们没敢出声，就像后来的半年中每遇见他总是歪着脖子的样子，仍把笑咽在肚里。

南岔

　　树基沟共有三个采矿坑口：一个位于沙台后沟，一个位于北岔，一个位于南岔。前者谓之老坑，开采时间短，很少有人知道。后两者，20世纪60年代中期开发，20世纪70年代后期逐渐衰落，最终闭坑。吾生也晚，未见其繁盛景象，但仍有些许记忆，如黑白电影，在时间深处默然回放。

　　南岔是小镇南面两山之间的沟岔，东西走向。从我家去那里有三条路，一条是沿着门前的小火车道向下走，大约两里路即到岔口，然后下铁道顺着山脚便可转入。另外两条是山路，其中对着我家门前的这条较近，翻过山梁可以直达南岔深处。再一条算是羊肠小道吧，避开山顶，呈Z字形盘旋而上，其间经过贾兆良家和一个叫组扇的厂房。所谓组扇，就是南岔矿井的排风系统。当然，那时我还不知道什么叫系统，只知道那里有一座高大的水泥房子，十分敞亮。站在山坡上，透过玻璃窗，可以感到房子里转动的设备带起呼啸的风，震耳欲聋。但一直未敢走近那里，因为总有一个值班工人驻守着，不认识。

　　贾兆良家门口拴着一条大黄狗，貌似很厉害，不过留点儿心也无大碍。倒是他家用松树杆立起的山门，颇有些扎眼，尤其是山门上的五个毛笔大字——天下第一关——据说是他的某个操练书法的哥哥写的。

走这条路，给人的感觉好像是去逛景点，得买票。当然不是。我们是去打柴。那时，我们不但要给家里打柴，还要给学校打，后者谓之勤工俭学，每个学生每学期起码要交四捆柴，且要求是杏条、桦树条，这种坚硬的柴火很耐烧。

如果不打柴，我们去南岔玩儿，一般都走铁道。说是玩儿，其实也有一定的目的性，那时南岔坑口还没有闭坑，可以去办公区捡废弃的木板、铁钉、钢丝等。木板回家当柴烧，铁钉、钢丝捡多了，就可以拿到镇上的废品收购站，换些零钱。

我们走得最多的还是我家门前的那条山路。冬天，跟随哥哥去南岔砍木头，毕，将它们扛到山梁，然后每人骑一根顺着山路滑行下来，既省力又刺激。春天，山梁上的野菜最先长出来，什么大叶芹、青毛广、红毛广、四叶菜、猫爪子、蕨菜、猴腿，特别是那片石砬子周围的刺嫩芽，引得附近居民竞相采摘。到了秋天，山那边的红松林里，更是捡蘑菇的好去处，只是那里有一处许姓人家的坟地，胆小者一般不敢去，比如我和刘波。但孙朋敢，且一个人。他说，越没人去的地方蘑菇越多哩。

他说得对。

其实我和刘波也并非就是十分热衷于捡蘑菇（包括采山菜），只是到了收山的季节，哪有不捡不采的道理呢！

有那么几次，孙朋还是带上了我和刘波。

事实是，到了山上，我和刘波往往捡不大一会儿，就觉得烦了累了，坐在地上不肯动弹，尤其刘波还带了口琴，更是吹起来没完。孙朋总是猫腰在树丛中不停地寻找，时而拖一声长音：红蘑！未等音落，遂将不远处的一只或几只鲜嫩的蘑菇捧在手中——那可是我和刘波刚捡过的地儿啊！孙朋说，你俩捡得不仔细呢！

眼看孙朋的筐就要装满，我和刘波的还不到一半。

刘波就说，一起来的啊！你怎么忍心让我俩这么难堪？

你俩把筐底多垫些松针，上面就平齐啦！

说是说，孙朋不抠门儿，最后总会分给我俩一些。

有一年夏天，不知为什么，小镇上的人忽然就时兴起了讨药。当然此讨药非彼讨要，尽管意思也有相近之处。

起因是有一个大仙（狐仙？）落脚在南岔许家门前那个半山腰的悬崖上，那悬崖有一个洞，不大，却深不可测。据说大仙就住在里面。于是，一传十，十传百，人们不约而同地从小镇翻过铁道南的那座山梁，下到南岔沟底，过许家，爬上一条屈曲盘旋的小道向悬崖上的洞口靠近，三三两两，成群结队。有的怀揣炷香，有的包装水果，有的兜裹馒头，但无一例外，每个人的手里都攥着一个折叠好的三角形纸袋。待到洞前，将其小心翼翼地用土围立在地上，将袋口敞开，屈膝跪下，双手合十。其祷告内容虽不得而知，但也无非是除病消灾，佑子荫孙。而那立在地上的小纸袋，就是用来盛接大仙赐予灵丹妙药的。当然，人们看不到大仙。它在暗处。

由于母亲体弱多病，我跟三哥也来给她讨过一次药，但拿回家里，却遭到父亲的嘲讽——那只是风吹进纸袋里的几粒尘土而已！父亲是共产党员，坚定的马克思唯物主义者，拒绝迷信。

现在已经记不清母亲是否吃了我们给她讨的药，或是尘土，又是否奏效。后来我和刘波、孙朋也去过一次。不过，这时讨不讨到药已不重要。我们去主要是为了玩儿，为看热闹。那天已是傍晚，当我们就要离开的时候，忽然听见身后一声脆响——敢情是那个跪在地上的中年妇女放了一个很大的屁，颇有震彻云天的意思。

刘波小声说，完了完了，这回讨到药也肯定不灵了。

我们一阵笑，向山下跑去。

那天傍晚，火烧云映满西天，都是些龙马牛羊的样子，人们的脸上，亦如喝醉了酒。

北岔

北岔在沟里的顶端，北向延伸，故名。如果说树基沟矿脉是一个牛屁股形，那么南岔和北岔就是两条牛后腿。矿志记载，北岔矿开工于1965年，比南岔矿晚一年，闭坑于1979年。那年我12岁。

北岔给我最初的记忆是它对面南山坡上的火药库。

火药库当然是储备火药的地方，是为矿山的掘进开采放炮所用。为了安全，其位置就很偏僻，在远离居民区的半山腰上。我对火药库的印象之所以深刻，缘于父亲在一次火车事故中摔伤了腿，出院后被安排在这里上班，意思是活儿不累，如疗养。火药库每班两三个人，没有食堂，需要自己做饭吃，或者家中派人送饭——这差事我愿意：去火药库的路上，不仅可以玩儿，还经过同班一个漂亮女生的爷爷家，有时我们会不期而遇，虽然彼此并不说话，可我喜欢那种莫名的感觉。顺便说一下，北岔附近有一个沙台后沟，那里有坑口井下回填用的沙堆，沙堆后面的沟口住着几户人家，其中一户是我的同学王有金家，一户是刘波二姐的同学邱振海家，另两户姓于和姓毛。邱振海原本是老于家的孩子，因邱家没有子女就过继来了，长大后，邱振海考取天津大学，是整个镇上的第一个大学生，成为父母教育孩子的榜样。

印象中，父亲在北岔火药库工作期间再未出过什么安全事故。这很幸运。

但同属于一个矿山的红坑口井下火药库，在1970年6月3日，却发生过一次特大爆炸事故。据矿志记载，该事故造成47人死亡、7人重伤、75人轻伤。当时火药库共有炸药1.5吨、雷管520发，当日6点50分，一声巨响，将井下13中段所有设备全部摧毁，致使停产32小时，经济损失31.2万元。这起爆炸事故最开始被认为是阶级敌人的一次破坏行动，矿部先后两次组成专家专案组进行调查，冶金部和省、市革委会以及沈阳部队后勤部派人协调侦破。对涉及的61个有可能作案人员逐个排查，最后排除了阶级敌人破坏的疑点，认定是一起责任事故，其原因是红坑口二连一名火药工违章在装有雷管导火索的木箱里接了100瓦的长明灯造成与箱内雷管接触，导致爆炸。无独有偶，五年后的1975年6月3日9时20分，红坑口-47中段12采又发生一起严重炮烟中毒事故，正在作业的5名搬运工被炮烟熏倒，经抢救无效全部牺牲。

所以，在我们的矿山史上，有"大6·3"和"小6·3"之说，每年的6月3日，也成为矿山人一个永远的痛。无疑，那是一个火红的年代，但同时也是一个狂热的年代，在所谓的"夺铜不怕筋骨断，誓用血汗把铜换"的口号声中，"夺高产""创高效"，提前××天完成生产任务的"大跃进"中，生生地把人的性命带入至暗时刻，如同白天遇见黑夜。

树基沟北岔虽未发生上述重大事故，但也有过矿石塌落，致使2名凿岩工当场死亡。

我的初中同学霍绍文的父亲就是其中一个。

巧合的是，与"大6·3"一样，这起事故也是发生在1970年。

那是秋天的一个深夜，霍绍文的父亲和他的师傅正在井下采场作业，忽听咔嚓一声巨响，仿佛婴儿撕裂母体，重达几十吨的矿石磨盘一样从棚顶压落下来，容不得任何反应，霍绍文的父亲和他的师傅深埋其中。事后，也许是由于与先前的"大6·3"间隔较近，这起事故被淡化处理，或者其他什么原因，总之没有被写进矿志。若干年后，霍绍文拿出他父亲生前与他父亲哥哥唯一的合影照片，边给我看边说，听妈妈讲，父亲死后，矿上只给换了一套新工作服就草草地埋掉了，而那套工作服的钱，还是从父亲当月工资中扣除的……那一年，霍绍文只有5岁。也就是从那一年开始，只要是中国民间传统有关祭祀的日子，霍绍文无论身在何处，都会回到故乡，给他记忆中没有一点儿印象的父亲上坟烧纸，直到今天。

想来，我也曾陪霍绍文去过几次他父亲的坟地。

那片黑松林里，埋着一个年轻的生命。

随着矿产资源的逐渐枯竭，树基沟已由一个繁华的矿山小镇变成一个街道一个村落了，大部分工人已经分流，我的父亲也办理了提前退休手续。北岔，曾经人来人往热闹纷繁的坑口，只剩几趟空荡的工房伫立在北山坡上，而它对面的火药库已是一片废墟。后来，我仍去过几次北岔，当然不是去给父亲送饭，也不是偷偷地盼望着能遇见那个女同学了，而是去打柴。如前所述，北岔距我家较远，不像南岔那么近，所以去北岔打柴一般都是把柴火先堆放在废弃的工房里，攒够一定数量后，再用带车子拉回家来——这，也许就是我与北岔最后的一点儿联系了。

多少年后，我和霍绍文驱车回老家玩儿，特意来到已经废弃的北岔坑口，试图进去看看他父亲当年的作业现场，怎奈井口汩汩冒水，探之，没膝，根本无法进入。村人说，里面先是一条百余米长的巷道，然后是深不可测的竖井，井壁焊有铁梯，缘梯而下，可见宽敞的计量硐室，室壁画写毛主席像和他老人家的语录。以前，常有胆大者下去捡拾废铁，惊起黑压压的蝙蝠四处飞窜，后为了安全将坑口封闭。

这段历史我们永远也看不到了。

据说，树基沟现已被省市纳入东部旅游开发圈，原先的那条土路，也已铺上柏油，与沈吉线的高速公路相连。也许有一天，这个曾经的矿山小镇将被打造成东北工业旅游景点，重现它昔日的荣光，也未可知。

车站

穿过北三家后岭隧道，沿着蜿蜒的山脚，呼哧呼哧，小火车一路逶迤而上，途经二道沟、三道关、石头人、土窝棚、南岔等站点，直至西沟沟里，22里路，行驶40分钟。

西沟即树基沟镇。与辽东大多数乡镇一样，这是一个美丽的地方，即所谓"春有百花秋有月，夏有凉风冬有雪"。20世纪30年代末，日本人和野在这里发现了矿藏，进行采掘，后交由日本驻清原县株式会社管理，1949年东北全境解放，收为国有。

起先，树基沟到北三家，只是一条运送矿石和物资的专用线，后来为了方便沿线村庄的居民出行，设了若干站点，加了客车车厢，每天从沟里到北三家有两趟车，上午7点一趟，下午1点一趟。返程到站时间分别为上午10点和下午3点。此外，每周一的早上5点，周六晚上7点，又各加了一趟客车接送外地通勤职工，所以每趟车往往都是客货两用，即两节客车厢加几节货车厢。前者好理解，就是电影《林海雪原》里的那种晃晃悠悠的绿皮车厢；后者，如果没有工业经验尤其是矿山生活经历的人，也许不知道，它是一种铁铸的露天车斗，装卸矿石和货物时都由液压杠杆驱动，俗称翻斗车。

镇上的人乘坐客车，都是在沟里的火车站上车。

我对火车站最初的记忆是 20 世纪 70 年代，我上小学。那时虽然很少有乘坐小火车出行的机会，但每天上学放学都要经过那里，特别是早上，会看到很多人在等车。车站立有一个简易的由木头搭起的棚架——其实在当时看来也并非简易，它不仅可以防雨遮阳，棚下更有两面可供观看的画廊，十余张五合板上画着彩色漫画，多是镰刀、斧头、笔尖、墨水瓶、红袖章、紧握的拳头以及锥形高帽等等，人物众多，造型夸张，有工农兵学商，有孔子，有林彪，后两者被打上大大的红叉。这些画都是由矿上宣传组的几位叔叔和学校的美术老师画的。我之所以印象深刻，是因为那时我开始喜欢绘画，练习毛笔字，每当上学放学，只要有时间，就会在车站围绕这些画看。此外，紧挨车站的矿部办公室房头、镇政府门前的黑板报，乃至俱乐部的墙上，亦经常贴有白纸黑字的大字报，虽然看不大懂内容，但愿意浏览那些龙飞凤舞的字迹，往往边看边用手指在裤腿上比画，如同临摹古人的字帖。

当然，这只是我自己的偏好。大多数人并不理会这些。尽管很多时候也是人山人海地围观，但他们是在搜寻谁谁的名字，犯了什么罪行，而非欣赏所谓的书画艺术。

1976 年之后，这些大字报逐渐消失殆尽。车站上的棚架，也变成了镶有玻璃的橱窗，不再有人写字画画儿了，而是直接用图钉按上一些画报。《人民画报》《民族画报》《解放军画报》《工人画报》《辽宁画报》等等，都是平时难以见到的。这让我们大开眼界。那时没有电视，或者说电视还没有普及到我们这些普通家庭之中，我们了解外面的世界，除了广播电台，就是父辈们偶尔从矿上带回来的废报纸，上面刊登的内容显然已是旧闻。站台橱窗里的画报，都是最新一期的，而且是彩色的。

小火车站除了这个简易棚架外，没有售票处，人们在上车前，售票员会一脚搭在车门口，一脚踩在站台的石阶上卖票。票，就是那种售价2角钱的小纸条，一撕一张。如果和售票员熟悉，有时不用买票就能混上去的，甚至在小火车刚出车库时，为了占座，也可以提前上车，当然，这要看你和司机或售票员的关系。

如果说小镇最热闹的是节日，那么最能给节日带来喜悦的就是那列小火车了。每当火车驶进镇上的车站，就会有大爷大娘们走出家门，就会有漂亮的姑娘媳妇们迎接出来，就会有孩子们张张笑脸朗朗笑声。旅人们更是不等车停稳，就从窗口收回手臂奔向站台，熟悉的握着手，陌生的点着头。亲如兄弟，暖似一家。

1983年，我离开故乡去外地读书，那时父母和弟弟还住在镇上。每逢星期天，我都要乘星期六的晚车回家，乘星期一的早车返程，在家只有一整天的时间，帮助父母做些活计。每次晚上到家，母亲总要把饭菜热在锅里，而周一早上4点钟，我就要起床——尤其是冬天，外面还是漆黑一片，吃过母亲做的早餐赶往车站，有时搭不到伴儿，自己从家里去车站就有些发怵，这时就要父亲送，直到公路上有了人影，父亲才转头回家。不知为什么，那时总是感觉天气很冷，人们来到车站，有时冻得扛不住，就躲到车站对面的医院走廊上，或是矿部办公房的门洞里，等待车来。这时，不仅没有了占座的欲望，就是有着空位，人们肯定也不去坐，宁可跺着脚在地板上打转。

轰隆隆，火车启动。车窗上暗白的霜花开始摇晃起来……

这样的日子持续了很久，直到父亲母亲的家搬出镇上。

如上所述，树基沟火车站在沟里，镇上主要机关场所一般都在那片，镇政府、俱乐部、医院、派出所、小学校、矿部办公室、澡堂子……甚至忠字门都是设在铁道与大道的交会处，在站台上一眼就能看见那两个高高立起的铁架子门柱，上面搭一弧形横梁，中间两面镶有红色五星。门柱上则是红底黄字标语，什么内容已经忘记，大概是"伟大领袖毛主席万岁万岁万万岁"或"工业学大庆，农业学大寨"之类。我虽然生在 20 世纪 60 年代，但记忆中却不曾见过人们在忠字门下手捧《毛选》(《毛泽东选集》简称）舞之蹈之口中念念有词。不过，每次路过那里，还会不由得联想起电影中的某些镜头，尽管遥远，亦如昨天。而忠字门，也成为镇上的一座标志性建筑，成为人们生活的一部分。比方哪个小伙子对姑娘说，今晚我在忠字门下等你，不见不散。

对了，忠字门旁边那趟白灰房里，就是火车司机李运华的家——某年夏天，他用菜刀将妻子杀害。大人们说，李运华是一个挺老实的人，也很仁义。

我们矿上，至此少了一个火车司机。

若干年后，树基沟矿井关闭，大部分职工家属迁往一个更大的矿山，只有不多的人还在这里居住。往日热闹繁华的矿山小镇，那些原有的厂房、工业设施，包括本文记述的小火车站，连同两条瘦瘦的铁轨都已拆卸、毁掉、废弃，不复存在。

礼堂

礼堂，即俱乐部，是镇上最大的房子，也是唯一的一座楼房，二层。这样说，似乎也不确切。所谓二层不过是房内后半部分搭起的看台，两人多高，有点儿像人民大会堂的意思。人民大会堂是什么样子？其实我们也不知道。

那时，刘波、孙朋、杨柏栋和我，还在念小学。我们没有见过什么世面。

镇上的俱乐部经常演电影、二人转、评剧和革命样板戏等。电影一般是莫日红山上的部队来放映的，他们和我们矿山是友好单位，用今天的话说就是结对子，军民一家，鱼水情深。二人转等地方戏大多来自开原县民间曲艺团，评剧则是沈阳评剧团，无疑，这给一个偏僻的矿山小镇带来无限生机，尤其得到母亲及邻家大妈大娘那些中老年妇女的喜爱。但这样的演出也不多，更多的节目还是矿山有关部门根据当前的形势自己编排的革命样板戏，隔三岔五就要上演一番，尽管多是老生常谈，也要组织各单位观看。不过这样也好，我们下午就不用上学了，去俱乐部看热闹总比坐在教室里闷着好啊！无论怎样，我们都愿意跑上二楼，一边观看，一边脚踏地板，仿佛踩着鼓点一般。

二楼是木制地板，楼梯也是，走上去咚咚作响。这种声音让我很是着迷。

有时，学校也要参加演出。我们小学校的五年级三个班，就组建了一支腰鼓队，抽调的都是精兵强将，每天紧锣密鼓地排练，杨柏栋、刘波二姐刘萍即身陷其中。他们不仅在山脚下的学校里把腰鼓打得震天响，放学回家还要继续操弄。作为他们的学弟，我们有时也会得到允许，接过鼓槌过把瘾，只是仿羊皮坎肩、白老布长裤、白底蓝花毛巾以及白胶鞋，他们不肯借给我们，顶多是把红绸布条让我们挥舞几下，但这不重要。杨柏栋说，正式表演时你们都能看到。

杨柏栋不撒谎。他说得没错。

不久，全矿文艺会演在俱乐部隆重举行。我们果然如愿以偿地看到了作为学校代表队的腰鼓表演，他们各个神采奕奕，精神焕发，用主席台上教导主任的话说就是，你们是早晨八九点钟的太阳，是祖国的希望。

现在想来，我也算是在俱乐部舞台上表演过一次节目的：三句半。此不赘。

我要说的是下面这个事情：

1975 年 2 月 4 日，春寒料峭的夜晚，我裹着棉袄坐在俱乐部楼上第一排，二哥和三哥坐在我的身后。电影已经开演。什么名字现在记不清了，但我想，我一定是瞪大眼睛、屏息静气地注视着前方，就像开学前的升旗仪式一样。突然，地板摇晃起来，扭头一看，四周一片慌乱。地震了，地震了……有人喊道。灯光骤亮，晃得眼前那块小小的银幕看不清影像，楼道两侧塞满了人。这时，二哥一把提起我，跨过台前的护栏，左手拽住栏杆，右手将我顺至台下的那个红色立柱上——我滑了下来！紧接着是三哥、二哥，以及更多的人。二哥辟开一条路，带领我们挤到了门外。这时才发现，镇上早已一片混乱，人声嘈杂，鸡飞狗跳，而昏暗的路灯下，我的双手沾满了红色的油漆。次日早上，我们才知道，几百公里外的海城市发生了7.3级强烈地震，波及这里。于是，学校通知暂时停课，家家户户在屋外的菜园子里搭建防震棚，或是直接搬进仓房。

海城南台公社是父亲的老家，在接下来的几天里，父亲天天去邮局给爷爷发电报，直到等来平安的消息。

现在想来，那几年不知为什么发生了很多事情，热热闹闹或凄凄惨惨。夜里睡着睡着，就会被一阵喧闹的锣鼓声吵醒，急忙套上衣裤跑到街上，随便从哪个人的手里接过一面小彩旗，在响亮的口号声中，不住地挥舞着。此外，俱乐部也经常召开地痞流氓批判大会，将那些留着长发、穿着喇叭裤的青年男女赶往台上，当着成百上千的观众，剃去长发，剪掉裤腿，其中有些就是哥哥的同学，或我们的邻居。而最为悲伤的日子无疑是1976年9月9日，毛主席逝世。当镇上的人们从广播喇叭中听到这一消息时，无不震惊和悲痛，感觉天就要塌了下来。之后，俱乐部舞台中央摆放了老人家的巨幅遗像，两旁松柏挺立，花圈簇拥。我们知道，这时的俱乐部就不该叫俱乐部了，也不叫礼堂，而是称作奠堂。

其实，对于我们这些懵懂的孩子，以上种种并非多么重要，甚至不如一张电影票重要。

镇上的俱乐部把守谨严，几个看门大汉总是唬着一张黑脸。那时，电影票紧张，除了少数拿出来售卖外，很多都是单位发放，很少能轮到我们这些普通家庭。看不到电影，穷小子们就想出了一个办法：钻地道。所谓地道就是通往俱乐部里面的供水供暖管道，虽不是很宽敞，但仍可容下我们点燃油毡纸，弯腰潜行。当然成功率很低，由于时间长了，俱乐部的工作人员已经知晓哪几块地板松动，不是用钢钉封死，就是故意用脚踩在上面，久久不动地方。

钻地道这招儿不灵，想看电影就只有画电影票了。

这倒是我的强项。

杨柏栋的爸爸是中学校长，每当镇上放映电影他都能领到赠票。因此，杨柏栋就会拿票给我们看，颇有显摆的意思。这时，我眼盯着票，心里一阵默记。少顷回家，我找出春节时剪挂帖剩下的彩纸，悄悄来到房后（不敢让父母知道），将彩纸裁成电影票大小，再用钢笔画了边框写了字、号。没有印章，就临时找块萝卜刻上"当场有效"的字样，蘸了印水按上，然后同刘波和孙朋去碰运气。有一次，正赶上刘波家来了亲戚，一时走不开，我就只好揣着"电影票"蹲在他家屋里。记得当时，那个亲戚给了刘波几块糖后（当然我和孙朋也借光分到两块），就和刘婶儿拉起家常，问刘婶儿身体如何工作如何。刘婶儿回答身体还行，只是工作有些累，在学校后勤烧锅炉。那个亲戚很会说话，安慰道，慢慢熬吧，以后也许能当个副校长呢！

后来在去俱乐部的路上，我对刘波说，等你妈当上副校长，你家也能领到赠票啦！刘波踢飞一颗石子儿，说那人虎逼。

由于那天我们出来得晚，电影已经开演，俱乐部周围有群没票的半大小子拥前挤后，他们或趴窗户或守门口。费了很大劲儿，我们才敲开门。检票员接过票，借着灯光仔细端详了一会儿，突然将票撕碎，摔在我们脸上，骂道，小瘪犊子竟敢拿假票糊弄，找揍是吧？！引得那群小子一阵哄笑，我和刘波、孙朋只好做鼠辈状，遁去。

再后来，刘婶儿依然在学校烧锅炉，直至我们初中毕业。

20 世纪 70 年代后期，俱乐部就很少使用了，偶尔走过那里，只会看到墙上用白油漆写的几个大字：抓革命，促生产。再有，就是门前广场上那个立着的孤单的旗杆。

邮局

树基沟这个名字的由来，我一直没有找到确切的答案，甚至有些匪夷所思。沟，是沟壑，这好理解，小镇原本就坐落在大山的深坳里。那么，树呢？基呢？是以树木为基础的意思吗？显然，这有些牵强，也缺乏创意。

当然，名字并不十分重要。我也懒得深入考究。重要的是我在那个叫作树基沟的地方生活了十六七年，而那个小小的绿色邮箱，成为我最深的记忆。

树基沟之所以成镇，是因为这里产矿，那些含金、含银、含铜、含锌的石头，早在日伪时期就有了。后来，鬼子投降，新中国的矿山儿女就把这些石头从地下搬到地上，再装进车斗，沿着山脚下那两条瘦瘦的铁轨运送到沟外的北三家车站。北三家是公社，一个更大的地方，那里的铁路连着全国各地，所以这里的矿石就有了出路，也招来更多的工人。父亲就是其中之一。父亲的老家在海城，距这儿几百公里，老家有父亲的爸爸妈妈、弟弟妹妹。老家之外的洛阳、哈尔滨、鞍山，亦有父亲的弟弟和妹妹。我之所以这样饶舌，无非是想证明：父亲是一个人来到这里的，他与外面的世界有着千丝万缕的联系。

而这种联系，无疑，邮局是唯一的渠道。

邮局设在镇中心广场的边上。这一带也叫 104 户，也就是说这里居住着一百零四户人家，至于究竟在什么时期是 104 户或 105 户 103 户，我不知道。那时，我刚上小学，我是母亲追随父亲来到树基沟后生下的孩子。我只记得，靠近广场边上的某一趟白灰房头挂着一只绿色的邮箱，离公路不远，只要愿意，每天上下学都可以瞥见它。后来，我成了这里的常客，因为我总要代替父亲寄信。那时，我家备有很多信封、信纸，还有邮票，只要父亲头一天晚上把信和信封写好，剩下的事情就是我的了。我会小心翼翼地将信折叠起来，装进信封，封严信口，贴实邮票，一封寄给爷爷奶奶或叔叔姑姑的信，就会在第二天清晨，被郑重地投进邮箱。为此，我很自豪，觉得自己干了一件很大的事情。

1975 年 2 月，海城大地震。当我们从广播里听到这一惊恐的消息时，父亲急得如同热锅上的蚂蚁——团团转。他不知道他的老家南台公社草场沟大队是不是震中心，山梁上的那一幢黄泥老屋是不是倒塌了，居住在里面的亲人是不是还活着，一切都杳无声息。那时很少有电话，普通百姓也不知电话为何物。信是来不及了。电报吧，对，发电报! 这回父亲没有让我独自去邮局，也没有将两手伏在炕桌上奋笔疾书，甚至没有发觉我一直跟在他身后，而是一个人一路狂奔到邮局，一边抹汗一边在工作人员的帮助下，填写了既省钱又明了的电报，发往老家。

接下来就是漫长的等待。由于爷爷奶奶家居住的村子收不了电报，电报只能发到南台公社，然后再由邮差投递。后来在若干次重大事情发生的时候，比如谁谁病危，谁谁死掉，谁谁走失，这些电报也都是通过南台中转，彼此才得到最后的消息。

上中学以后，上下学不再经过邮局，父亲的信就要特意去寄。有时父亲忙，给亲戚们的信也直接叫我代笔，什么家常信、拜年信，都有。久而久之，我也似乎有了写信的兴趣，即使父亲没有叮嘱，也会与叔叔姑姑们鸿雁频传，互报平安。不仅这样，春秋两季，母亲还要将晒干的野菜和山菇缝进布袋，让我写上收件人的姓名和邮编地址，背到邮局，寄走。

现在想来，镇上的邮局其实很小，仅仅是那趟平房东头的两间小屋，中间开门，左边一间办理电报信函以及报刊订阅业务，右边一间负责邮寄包裹，柜台上立有顶棚的栏杆，栏杆下开有窗口，包裹就从这里出入。因为小镇不大，也因为我总来这里，所以邮局里仅有的几个工作人员都认识我，尤其是那位戴着近视眼镜的姚叔，他是邮局负责人，也是我家邻居，每当我来邮东西，他总会问我，你妈又给老家寄山货啦！或者说，哦，对了，正好有一封你家的信，放书包里带回吧。其实这信我不取，也会有投递员专程送来，或姚叔下班给我们带回。

姚叔不仅工作认真，而且也是一个十分热情的人。内心里，我很尊敬他。

那时，受三哥的影响，我正醉心于文学艺术。我们将平时积攒的零花钱，几乎都用来订阅报刊了。《美术》有，《书法》有，《诗刊》有，《文摘报》也有，林林总总，不一而足，以至姚叔说我们是整个镇上订报刊最多的私人订户，也是邮购书籍最多的读者。而这些报刊和书籍，因为怕丢，我们都没让送往学校，而是按时来取。此外，三哥还经常向外投稿，即使发表的不多，也会偶尔收到一两张汇款单，上有某报某刊某诗某文的稿费字样，这不仅使三哥兴高采烈，也让邮局姚叔直竖大拇指，说我们有出息，报刊没白订，钱没白花。那是一个崇尚文学的时代，作品发表，哪怕只有豆腐块一般大小，也是一种荣光，何况还有些许钱来！

那时我没有正式发表过什么，几篇刊载在矿报上的习作，虽然也有稿费，但都是哥哥去矿上办事时代领回来的。也曾经参加过市里的书法比赛，所获奖品，也由学校转来，到邮局领取稿费或奖品的殊荣（也可以叫作虚荣）是上技校以后的事了。初中毕业，我就离开了树基沟，后来，父亲带着一家人也都搬离了那里。随着矿产资源的逐渐萎缩、枯竭，树基沟也由镇变村，由盛而衰，最后只剩二十几户人家了。而那仅有两间小屋的邮局，也同大多数 104 户房屋一样，倒塌殆尽，成为废墟。那斑驳的邮箱，挂在街旁的老杨树上，如一只绿色的眼，寂寞地望着伸向村外的路。

那路，我后来又走过几回。但一切，都成依稀的往事了。

合社

树基沟镇有两个商店，并排坐落于镇中心的公路北侧，一为综合商店，一为副食商店。两店之间有一个铁大门，门边各立一个水泥柱，柱上刻了两行凸起字，字是红色，体是行楷：

发展经济

保障供给

这两行字是 20 世纪 50 年代至70 年代常见的吧！对了，那时商店还不叫商店，而叫"合社"，合作社的简称。

上哪儿去了，老王？

去合社打了一桶酱油。

就这样。

应该说，除了小火车站，合社是镇上最热闹的地方，特别是春节前夕，不仅大人背着兜子、提着篮子来这里采购，就是我们这些穷孩子，也要把一年中积攒的零钱悉数花掉。鞭炮、糖块、小人儿书，恨不得一网打尽。那时很多东西是凭票供应，香烟、白糖、鸡蛋、棉花、布料，尤其是猪肉——合社的后院就是屠宰场，每逢节日，那里就会传出瘆人的杀猪声，人们在老远就能听到。这时，家里有肉票的会拿出来盘算一下，是否去割一块解解馋。这个差事通常不交给小孩子，而是大人亲自出马。人群中，他们一边用力地往前挤，一边满脸堆笑央求手握砍刀的售货员，要肥的，要肥的。为什么要肥的？肥肉香啊！且能炼出油来。

小孩子去副食商店，一般是给家里买最基本的生活用品，如酱油、咸盐，抑或是给大人打酒。说来这也是一个美差，因为剩余的零钱就可以自己留着或直接买糖块吃了。当然，如果有剩余的话。

我最愿意去的是综合商店。

现在，我仍然能记起综合商店里的商品布置。进门左侧是卖生产工具和厨具的，锹、镐、锯、钳子、镰刀、菜刀、螺丝刀、扫帚、砧板、铁锅、瓷缸等等，应有尽有。右侧是文化用品、洗漱用品、布匹、鞋帽及服装。小学校在沟里的南山坡上，我们每次上学一般都走铁道，待快到学校时再转入苞米地里的小道，这样就会近些。但放学一定是走大道，也就是镇上唯一的一条公路。大道经过合社，无论中午还是下午放学，我们都愿意钻进综合商店转一圈，主要也是奔文化用品柜台，即使兜儿里没有钱，也会趴在那里看一会儿，发现有新到的小人儿书，一边请售货员给留着，等攒够了钱再来买，一边两眼直勾勾地盯着柜台缝隙间挤着的几枚硬币，恨不得找根铁丝给抠出来。小镇不大，售货员一般都认识我们。卖文化用品的那个青年妇女还是我家邻居，我叫她金姐。她知道我爱写毛笔字和画画儿，只要我买，一般抢手货，如图画纸、水彩、钢笔、毛笔、绿色墨水，甚至看中的年画都尽我先挑。

有时去合社，也不一定就是要买什么紧要的东西，而是为了看墙上的广告画。这些画都与相应柜台卖的商品有关，比如卖鱼的柜台后面自然是鱼，卖糖果的就是糖果，卖锅碗瓢盆的就是锅碗瓢盆，卖服装鞋帽的就是服装鞋帽，都是水粉画。这些画是镇上几位美术工作者创作的，其中包括学校的美术老师和两名高年级的学生，让人好生羡慕。

我不仅熟悉卖文化用品的金姐、卖烟酒糖茶的杨哥，就是卖布匹的老郑头我也认识——当然，当面我并不会这样称呼人家，而是叫郑大爷。据说老郑头不是本地人，甚至可能都不是东北人。印象中他经常戴一顶毡帽，一双眼睛深且大，用语文课本上的形容词就是炯炯有神。我之所以对老郑头印象深刻，是因为四年级的时候，有一天，我们班来了一位新同学，班主任介绍说叫郑金星。然后下课时，几个男生就给郑金星围了起来，你一言我一语地问这问那。

哪来的新同学啊，让我见见大石面呗？我调皮地说。

郑金星没吱声，低着头。

这时还在和我们班主任聊天的老郑头，就过来说，我告诉你什么叫作大石面，就是从前有座山，山里有座庙，庙前有块大石头，拢共有四个面……臭小子，你要是胆敢欺负俺家郑金星，看我告诉你爸揍你不！

我当然不会欺负郑金星，我怎么会是那样的人呢。

相反，我和郑金星很快成了好朋友，放学经常一起走。记得他家住在离我家不远的上片，他的姐姐和姐夫在家开了一个服装店，活儿做得好，颇受镇上的人欢迎。记忆中我是去过他家几次的，他也来过我家，比如晚上看电影，我总是去他家会他。印象最深的是一次中午放学，我俩在合社前的大道上玩儿啪叽，一直玩儿到下午两三点钟，难分胜负。其实，前一天下过一场大雨，道上的坑凹处还汪着黄水，我们只能挑干燥的几小块地儿玩儿。时有汽车跑过，溅我们一身泥水，未及捡起的啪叽亦被碾在车轮底下。

郑金星说，等太阳再热些，就会把路面烤干了。

现在想来，那是我所有少年游戏中至今最为难忘的下午，没有之一。

后来上初中的时候，郑金星转学去了外地——也许是回老家了吧，我们失去了联系。

20 世纪 80 年代初，我也离开了故乡，到一个更大的矿山去上学、工作，有时也会回到树基沟看望父母。这时的树基沟已经撤镇，由往日的繁华、热闹，变成落寞与伤感。公路北侧的合社虽然还在，副食商店、综合商店的牌匾甚至换成了镂空的铁板字，但已然大门紧锁，窗板关闭。只有副食商店把头一角尚留一个窗口，原来卖烟酒糖茶的杨哥在那里经营一些日常商品。人们去买东西，已不再称合社，也不叫商店，而是直接说小杨家——小杨家新进了冻梨，花盖儿的。

小馆

　　小馆就是饭馆，位于合社侧身。两间草房，泥墙，几扇木格窗子镶嵌着小块玻璃，高高的门槛，一只白炽灯泡从棚顶吊下来，昏黄的灯光照在屋里地面的三张圆木桌上。

　　小馆老板姓单，是一个清瘦干净的老头儿，我们都叫他单大爷。

　　这是小镇上唯一的一家饭馆。20世纪50年代建矿初期，单大爷就在此开办了饭馆，这很难得，因为那时全县也没有几家，即使有也多是国营或公私联营的。单大爷一家来自南方，相对于我们东北人，自然有着活络的商业头脑。

　　小馆除了做家常饭菜外，还兼做豆腐，且比很多专业豆腐坊做得都好，这不仅得益于我们这一方水土（做豆腐用的大豆都是当地农民自家种植的，没有化肥等工业肥料，水更是毫无污染的地下水——小馆门前就有一口矿上打的深水井），更是靠单大爷精湛的手艺，无论做出来的是大豆腐、干豆腐还是豆腐脑儿，十里八村无可比拟。当然做豆腐也是很辛苦的活计，通常都要在头一天或更早的日子泡豆子，第二天凌晨2点钟开始用石磨碾磨，把豆浆和豆渣分离出来，豆浆还要加热熬到滚开，再用豆包过滤一遍，如此这般才能使豆浆如牛奶一样白嫩鲜香。做好的豆浆一部分卖，一部分点上卤水不停地搅拌，保证豆浆不会凝结成豆腐脑儿。再有就是泼豆腐，泼得是否均匀决定着干豆腐的薄厚，好的干豆腐，铺在报纸上能看清下面的文字。如此繁复的工序，不能不让人心生敬意。而为了次日继续如上流程，单大爷和家人还要及时将所有用具清洗干净、晾干，保证不馊，没有异味。

小馆的豆腐总是供不应求，如果谁家用量大，还要提前预订。人们去买豆腐往往也不说买，而是说捡，捡块豆腐。

小馆除了单大爷外，还有一个厨师好像姓修。他炒的菜十分好吃，尤其四喜丸子、红烧排骨、醋熘肥肠、爆炒腰花，被镇上的人称为"四绝菜"，只是我们这些小孩子很少能吃到，除非家里来了重要客人，母亲才会打发我们去买两样，然后用饭盒装回家来，谓之待戚（戚，音qiě，东北方言，意为亲戚或客人）。再有就是小馆同合社一样，都处在镇中心广场的边缘，是人们闲时扎堆的地方，特别是傍晚，与矿上结为友好单位的莫日红山上的部队经常下来放映电影，我们这些孩子早早地去广场占位置。如果兜儿里有钱，电影开演前就去小馆买瓶汽水或一袋瓜子。大些的已经开始偷着抽烟，他们合伙买一盒过滤嘴香烟。那时好像正流行"大生产""银象"和"船牌"香烟，很多人即使不抽烟，也愿意收藏烟盒，一张张夹在书本里。

小馆虽然对外开放，但大多数是公家来了客人才在此吃饭，如矿上、镇里、工厂、学校、医院、派出所接待上级部门检查工作什么的。再就是矿上一些单身的工人，包括外地分配来的大学生，星期天休班或者是刚从矿井里上来，三五结伴到小馆改善一下伙食。这时，自然要喝上几杯酒的。如此，小馆也就成了一个欢乐的场所，有时从中午一直喝到下午两三点钟也不肯散去。如果是集日，一些远近的村民把带来的山货、农具，或是自家产的蔬菜、瓜果卖出去，换了钱之后，也会进小馆饱食一顿。单大爷和善，无论你是吃一碗米饭还是两个馒头、几个包子，都会免费给你上一碗高汤，撒上葱花和香菜。

树基沟镇最繁华时期有着几千人口，各色人等形成一个小小的社会，且分若干帮派。其中矿山子弟一派，当地原住民也就是村民一派，再有就是一些外地来的下乡知识青年，十分抱团儿。应该说，大多数日子，上述几股势力都能够和平相处，其间也不乏沾亲带故，比方矿上男青年娶了村里女青年，等等。几股势力都有自己的头头儿，我们矿上的青年就以李长友、杨柏树最为知名，而不远的清原县城则有杨光和小付。

那时流行一句顺口溜，（社会上打架谁最厉害？）清原杨光小付，树基沟长友柏树。

不用说，这四位在当地好使。

杨光、小付我不认识，柏树就是我家邻居，我平时叫他三哥。长友是我一位要好同学的二哥，我自然也跟着叫二哥，其实他还有一个外号：二驴子。此人仗义，也很有血性。

一次，二驴子从外地办事乘坐矿山的小火车回来，已是下午 3 点多钟，过了午饭点儿，他就和同行的一个伙伴来到小馆。这时，正有一帮附近的知青聚在小馆吃喝，显然已是酒酣耳热。也许他们不认识二驴子，也许认识，仗着酒劲儿而没当回事，或是其他什么原因，总之他们彼此发生了口角，继而动起武来。据说二驴子的同伴胆小，见对方人多更是不敢伸手，只有二驴子一人对打六七个小子，在被人用随身携带的刮刀刺破胳膊后，仍然去院子里操起一把铁锹，将对方劈倒三四个……当时我正在同学家玩儿，得知他们打架的消息后，一溜跑到小馆，见二驴子倚靠墙上，满身泥血。

人们将二驴子和受伤的知青送进了矿上的医院。

若干年后，听同学说二驴子死了，但不是因为打架，而是自己用雷管崩死了自己。这让我很难过。二驴子长得帅气、白净，总是面带笑容，不像有些社会人满脸阴鸷。他歌儿唱得也好，经常代表单位参加矿里的文艺演出。他对我也很好，曾经鼓励我说，喜欢画画儿，就应该坚持下去。

当然，这都是题外话了。

20 世纪 80 年代初，单大爷不再经营饭馆，举家迁回了南方。饭馆由我的一位初中女同学接了下来，和她母亲一起打点。那时我已初中毕业，去红透山矿上技校乃至工作，其间也常回故乡，但很少去小馆。记忆中有那么两三次，带外地朋友来玩儿，然后去小馆吃喝一顿，无论钱多钱少，女同学不仅不在意，还会给加几道菜。再后来，随着小镇人口逐渐减少，女同学也关闭了小馆。

想来，这也是没有办法的事情。

粮站

同合社一样，粮站也是国营单位，且整个镇上只有一个。因为位于我家房后，靠近公路边，我家通常也被叫作粮站前白房。白房，就是白灰抹面的房子。

如果不走铁道，走公路，我每天上下学都要经过粮站，都要侧头看那些涂着黄油漆的窗板和门板。上学时间，它们还没有开启，那些窗板上异常醒目地写着几个红色大字：以粮为纲，纲举目张。不知何意。中午放学，这些窗板已经拉开，门板亦是竖立两旁，人们进进出出，或提油，或扛米，或背面。米是高粱米，面是苞米面和荞麦面，至于大米、白面都是稀罕的东西，不到过年不会轻易领取。那是一个计划经济的时代，也是一个票证无所不在的时代，很多商品都是凭票定量供应，面额不等，品类繁多。最常见的就是粮票、油票、肉票和布票。粮票又分粗粮票和细粮票，前者多，后者少，平均下来，每人每月也就30斤左右——这当然不够吃，于是就有很多工人偷着去矿区的边边角角开垦荒地，谓之种小股地。这在当时是违法犯纪的行为，弄不好给你戴一顶投机倒把的帽子。

我见过的小面额粮票有半两的，也有五钱的，还有一钱的。一钱，也就是五克，能买到什么呢？恐怕只能是小半口饼干吧！

那时，人们将这些票证都小心翼翼地夹在《毛主席语录》或存粮折里，生怕弄丢和损坏。后来存粮折又演变为城镇居民粮食供应证，封面或扉页上印着如下字句：

备战、备荒、为人民。

厉行节约，严禁浪费粮食。

手里有粮，心里不慌，脚踏实地，喜气洋洋。

记得那时还流行这样一首打油诗，写在粮站里的一面墙上：

家家户户节约粮，勤俭持家好风尚。

顿饭节约一把米，手里有粮心不慌。

节约储粮为革命，无荒无战不动用。

平时存好战备粮，消灭帝修狗豺狼。

显然，这是那个时代的特色。

有一年粮站扩建，要筑一道长方形的大大的院墙，学校号召学生参加义务劳动，两人一组，用土篮子运送矿山小火车从铁道上翻倒下来的石头。虽然有些累，但兴致颇高。尤其我们几个住在粮站前白房的孩子，如同给自己家干活儿一样，因为这道墙砌好后，也成了我们几家后园的挡墙，无形之中似乎与粮站的关系也近了一层。那些大人们，有时还会隔墙招呼粮站的工作人员，问什么什么粮来没，多少钱一斤，甚至委托他们进粮的时候给带上一些，毕竟他们有渠道，只要不是细粮，一般都成。

粮站的负责人姓范，人很温和，父辈们都管他叫小范，粮站小范。

我们叫范叔。

　　记忆中，在我居住生活了十六七年的树基沟镇，并未发生多少严重的自然灾害。1976年海城大地震曾波及这里，除人心惶惶外，也没造成什么后果。水灾倒是发生过。那时候，总觉得夏天多雨，连绵十几天，甚至数十天。无疑，这将给农民的收成带来一定影响，即使我们工人户也心生厌烦。雨不停，出不了门，母亲就从厨房拿起一把菜刀向门前的栅栏下使劲儿掷去，据说这样老天爷才会眨动眼皮，驱云止雨。如果凑巧，雨停了，或是渐渐地小了，我们就会冲出房门，看从我家菜园边流下来的山水如何涌进粮站围墙的排水沟，又如何将之灌满，溢到公路上。这时，范叔等粮站职工就要用铁锹、笆子疏通水沟，打捞那些顺水而下的柴火和各种垃圾。

　　如果不涨水，平时这条水沟是可以放纸船的。母亲也经常来洗刷家什。

　　粮站不同于合社和小馆，不买粮的时候我们很少去粮站玩儿，即便围墙里面是一个空阔的场地，可以踢球，但不进粮时，那个对开的大铁门总是关闭，只留一个小门出入。那时整个镇上只有几部电话，分别安在坑口办公室、商店、学校、医院和粮站，总机就是矿上的交换台，无论从哪里来的电话都要通过交换台转接，但是交换台是要地，不是谁都可以去的。所以，对于我们这些居住在粮站下片的居民来说，粮站这部电话就显得尤为珍贵。

　　那时，哥哥们都已参加工作，在树基沟坑口的上级单位，也就是一个叫作红透山的更大的矿山，如果有什么急事，哥哥们给家里打电话，就要通过总机转到粮站，范叔就会在后院喊，老程家来电话啦！我们再沿着粮站围墙边上的胡同跑去接听。有时接到，有时却接不到，因为时间长了，总机那边就会把电话挂了——毕竟是矿山专线，不能总占。

除了电话，镇上的几个主要单位还各有一台电视机，就是现在经常用来怀旧的那种 12 英寸黑白电视机。一个能够从塑料盒子中冒出声音和画面的东西，这可是个新鲜事物。那个年代，我们除了看过电影外（大多是露天电影），看电视怎么说都是一件令人惊讶和兴奋的事情。

所以每当晚饭后，粮站附近的居民如果没事，就都爱去看电视。

粮站的电视放在房头的一间办公室里，打更的老孙头有钥匙。此人脾气倔强，因其满头白发，人们私下里就叫他孙白毛子。一般情况下，大人们去看，老孙头会给面子，毕竟一个镇上的老人儿，低头不见抬头见。如果只是我们这些孩子想看，次数多了，老孙头就会很不耐烦，甚至干脆天一擦黑就将铁门锁死，无论我们在外面怎样热烈地喊孙大爷，怎样使出吃奶力气摇晃大门，就是不开，急了，还会丢出一两块砖头——我们当中不知哪一个喊了老孙头的外号，而让他恼火。至于砖头是否砸破头皮还是在铁门的栏杆上擦出火星，似乎都不重要，重要的是这一晚的电视甭想看了，尽管门缝里飘出《上海滩》的主题歌："浪奔浪流，万里滔滔江水永不休……"

看不成电视，仍不想回家，我们就围拢在粮站前的路灯下，仰头看那绕着路灯胡乱飞舞的蛾子，或是在灯下下棋、玩儿扑克、讲故事。偶尔也会有谁家的姑娘和谁家小伙子走过，手拉手，向暗处去。

路灯

让我先数数，小镇上一共有多少盏路灯，从沟里到沟外：小火车站一盏，104户前面一盏，商店门前一盏，104户和商店之间的广场中央一盏，姚振华家门前一盏，付存家房后一盏，粮站门前一盏——大概就这些吧，当然，俱乐部院里也有一盏，老澡堂子和电锯房前也有一盏，但都不在人行道上，不算也罢。

小镇树基沟，我老家。1983年前，我生活在那里，倏忽已是20世纪的事了，之所以想起路灯，且还动笔，一定又是犯了怀旧的病。人到中年，这也是一个没有办法的事情。

小时候，路灯之于我的记忆是十分模糊的。那时候我只会感到新奇：一只不知多少瓦的白炽灯泡被一个圆形铁皮罩着，高高地挂在电线杆上，如果是夏天，一定会有无数的蚊虫飞扑上去，路灯下，也一定会有一群半大孩子下象棋、甩扑克、扇啪叽，各个手舞足蹈、兴高采烈。如果是冬天，路灯下自然是少了这些热闹，唯有慢慢飘落的雪花，若即若离地撒在灯影里。这时，孩子们就很少出门了，即使不得已走趟夜路，满天星斗，遍地白雪，也总能找到回家的路。

而我要说的，大概，不是这些。

1982年，我读初三。据学校有识之士分析，当年的中考竞争十分激烈，形势严峻，县重点高中、市小中专、有色技校录取分数都高，应试学生也多，建议家长让学生复读一年，学校照发82届毕业证书。如前所述，我是一个学习成绩一般的学生，或者说是偏科生，留级对我来说意义究竟有多大，我不知道。于是，当同学们，尤其是那些学习好的同学全身心地进入紧张的复读状态时，我却前途茫茫，无所事事。尽管我热爱文学、喜欢书画，可是周遭却找不到一个能够指点迷津的人。咋办？自己玩儿吧！

这时，班级里转来一位新同学，名叫霍绍文。因为他家是农村户口，虽然学习成绩不错，也不让考矿山技校，只能奔县高中走大学这条路，用现在的话说是夹缝中求生存，但又谈何容易。因此，霍绍文的复读也是心猿意马，加上他亦喜欢书法，自然我们就走到了一起。题外话是，若干年后，霍绍文在填写高考志愿时，在特长一栏写道，酷爱书法。想想又强调一句：擅长毛笔字。可惜，最终还是落榜了。

我家住在粮站前的白灰房里，霍绍文家住在商店下边的马路旁，和姚振华家一趟房，属于镇中心地带。因此，我常揶揄他说，你家住市中心啊！市中心当然热闹，所以晚饭后，如果不上自习，如果家里没有什么活计，我就会去找霍绍文玩儿，时间久了，也就有人背地里说我是奔着他的妹妹去的。其实，这都是瞎扯淡。我心里还觉得谷守红和他的妹妹应该有戏呢。当然，想归想，谁也没有明说。实际情况是，除了霍绍文家外，我还经常去同学谷守红家玩儿。谷守红性格内向，偏爱理科，但跟我却很要好（可能因为我的性格也内向吧）。去他家玩儿，还有一个原因，是他哥哥守峰。守峰小儿麻痹，拄双拐，但心灵手巧，会刻戳儿，颇有自强不息的意思，这也很对我的路子，所以我也经常去他家和守峰玩儿，一起刻皮子，刻木头，刻有机玻璃，就是不刻石头——我们哪知道篆刻要刻在石头上呀！还青田、寿山、巴林什么的？可我们仍然陶醉在所谓的篆刻艺术中，也时不时地给人家刻领工资的手戳儿，甚至麻将。

有时，我们玩儿得久了，怕影响大人休息，就索性来到街口的路灯下，继续交流。现在想来，那时我们没有相机，更没有什么智能手机，不然该有多少路灯下的文艺照片，纪念那个朴实而纯真的年代。

除了霍绍文家、谷守红家，我还经常去小满子家玩儿。霍绍文和谷守红、谷守峰也经常去。满子少时先后失去父母，与姐姐相依为命，后来姐姐结婚，再后来姐姐也去世了，只留下他独自生活。满子好像比我大两三岁，初中毕业，一个人住在离霍绍文家不远的房子里，也喜欢画画儿、文学和弹吉他。记得满子家有一个月亮门，是他自己用斧子把墙砸开而修建的，相当于现在的房屋装修。月亮门里是一铺火炕，月亮门外是屋地（客厅），沙发、茶几、书柜、书桌、画架画笔、宣纸、颜料，应有尽有，我们围坐一起，谈诗论画，直至深夜，等我回家时他们就送一程。虽然也没有多远，过井沿儿，过谷守红家那片，转个小弯儿，也就是付存家了，往往这时，他们就停下了脚步。

谷守红说，程远，你要是害怕，就边走边唱歌吧！

霍绍文说，付存家对过儿，那个通往学校后山的胡同，据说常有女鬼出没，她要是给你施美人计，你就将计就计吧！

满子说，小心毛猴子从背后抓你的肩膀啊！

守峰说，一个毛猴子也吃不了啊！

……

没办法，这帮小子。挥挥手，一个人直奔粮站门前的路灯，再回头，一条长长的影子就留在马路上了。

有一天，不知为什么，付存家房后的那盏路灯突然不亮了。是灯泡寿终正寝了，还是被哪个酒鬼故意扔砖头给砸坏了？不知道，总之这盏路灯再也没有亮过。后来听说是公家不给安了，因为付存家属于农民户，附近的工人户也不多，从商店下边姚振华家到粮站，中间就不设路灯了，这让我十分不解和气恼。好在粮站门前的路灯还亮着，照亮我回家的路。

水井

记不清是哪年了，树基沟镇开始挖大井，有三口：一口在小学校道下，小火车站前；一口在木材厂附近也就是老澡堂子那块儿；还有一口在104户居民区靠大道旁的广场上。这三口大井，都是工业水源，确切地说是供给镇政府、小学校、卫生所及矿山办公区的自来水系统，而非居民生活用水。

那时，我们上下学总是路过正在挖的一二号井，人们争先恐后地忙碌着，挖出的黄土堆在公路旁，老高老高，惹得我们这些孩子抢着上去，探望那深坑里的小人儿。据说，很多工人都是从各单位抽调来的，也招了一些职工家属做临时工，母亲和邻家的婶娘就在其中。若干年后，母亲说，一生中最后悔的一件事就是这段临时工没能坚持到底，因为那时候，我们兄弟几个还小，加之家务繁重脱不了身，只能半途而废。而那些坚持下来的婶娘，最后都变成了集体工人，直到退休都有工资。为此，母亲很是自卑。

除了上面三口大井外，镇上居民用水就靠一般的水井了，无需赘述，你也会知道那种井沿儿旁高高竖起的一个立柱（通常是够两手相握的粗铁管），上置滑轮，支起一个较细的铁管或木杆，又一头拴了绳子，一头拴了石头——借用谷守红的话说是，以物理杠杆的原理来汲水。当然，也有用辘轳的，不过很少见。这种水井在整个镇上究竟有多少，我不知道，起码二三十个吧，每个居民区、点都会有，而大一点儿的肯定还不止一个。

我家居住的粮站下片就有两口井，分别位于小火车道下梁功武家旁边和粮站门前的马路对过儿，修建年份也差不多。距离呢？前者离我家一二百米，不远。后者从我家这趟房出来，沿着杨柏栋家房头的那条巷子，经过下院老李家、老金家、老郇家、老卫家四趟房，再过粮站前的马路，其实也没有多远，可回来却是上坡。我们挑水通常愿意去后者，即成语书上说的舍近求远。

去梁功武家旁边的水井虽然近，路也平，但要走七八家门前，难免遇到一些邻人，这不仅要打招呼，还要躲躲闪闪，生怕水桶里的水溅到人身上、院门前。如果是夏天，人们愿意在房门前吃饭，地上放着桌子，四周围着板凳，挑水经过就不是很方便，而且也不是就挑一趟——谁家的水缸不是能装三挑两挑的呢！何况这两趟房中，每趟都有一名女同学，趔趔趄趄地走过，就很没面子。不过孙朋除外，他家在梁功武家旁边有一个大园子，种着很多蔬菜，去那儿挑水，顺便也看看自家的菜是不是被人偷过，或是不是让猪、牛给拱了栅栏。

相比之下，去粮站前的井沿儿挑水就相当于逛风景了。毕竟那里有镇上唯一的粮站、唯一的中学、唯一的公路，偶尔会有收破烂的、吹糖人儿的、耍猴儿的、铜锅铜碗儿的，甚至莫日红山上的解放军，开着绿色的敞篷汽车从公路上远远而来，他们或是来镇上放映电影，或是和这里的厂矿学校打篮球赛。如此，脚下自然就加快了步伐，以免错过观看时间。此外，井沿儿旁边的王华军家是商业户（他爸是镇上商店的会计，人称商店小王），他家住房面积也不大，却隔出一小间开了小卖部（商业头脑可见一斑），零售烟酒糖茶、油盐酱醋，这在我们下片是唯一的一家，我们到这儿挑水，顺便也能给家里买点儿急需的用品。

王华军大我一两岁，和杨柏栋岁数相仿。有时，我和杨柏栋玩儿的时候就会碰到他，关系说不上怎么要好，也算熟悉。但后来我们就不来往了，因为那年冬天，我们一起在井沿儿边玩儿骨碌冰——满族习俗：农历正月十五的晚上，儿童结伴在封冻的大河上或是井沿儿边滚冰，即可消除一年的病灾。为了比试摔跤，我竟然把比我高大的他重重地摔倒在井沿儿上，这让商店小王很生气，领着儿子来我家告状。自此，我也不再去他家买东西了。

现在想来，井沿儿只有四块高过脚脖子的木板挡着，我不禁倒吸一口凉气。

后来不知何时，镇上又流行起自家打水井了，因为去井沿儿挑水毕竟是体力活儿，也不乏危险，而很多人家的孩子随着年龄的增长，也去外地上学和工作了，家里只有老人，吃水成了问题。镇上的自来水工程没有引入住户，就只有自己想办法，好在矿上不缺铁管，也不乏能工巧匠，大家就自制井头：高级些的状若葫芦，普通点儿的干脆大管套小管，压水的杠杆也是铁管焊接，然后刷上金粉、银粉。打井时，也是邻里之间互相帮忙，三五天，甚至要一周时间才能打好一口井。为着方便，这井也往往打在自家的厨房里。又因为逼仄，井里只容一人，镐头刨石，铁锹铲土，再由上面的人用绳子一筐筐拽出来。有时，即便出水了，也要看水量多少而决定是否再挖。很多情况是觉得可以了，埋了水管，封了地面，几天后水量却明显下降，以致压不出水来。还有一些是水总也不清，黄汤一样无法饮用。最难堪最点儿背的是打了旱井，白费了力气，只好换地儿重打。

我们那趟房每家都先后打了井，但也都没用几年，就作废了。后来，大家又将孙朋家前园子里的那口老井淘清了，重新启用。其实，这口井的水量也不是很大，所以除了我们这趟房四家使用外，其他人家很少来打水，不过因为靠近铁道，有一年秋天，铁道南的谁家柴火垛着了火，这口水井起到了无可替代的作用。

就在我要写完这篇文字的时候，谷守红来电话，说他家旁边曾有一口用辘轳汲水的井，不是很深。谷守红家离我家不算远，中间隔着几块菜地和几户人家，他家算作上片。尽管我也常去那里玩儿，但对使用辘轳的那口井却一点儿印象也没有。谷守红说，那口井，有人跳下过，是一个他认识的女孩，正念高中。那是一个傍晚，谷守红进屋吃饭前，看见这个女孩和一个男同学在井边说话，不多时，突然听见有人喊，救命啊！有人跳井了！谷守红第一时间冲出屋，来到井旁，猛摇辘轳，最终把女孩救了出来。

我说，那个男同学你救了吗？

谷守红说，男同学没跳。

我说，好像你事先就知道要出事儿似的。女孩长得好看吧。

唉，一晃好多年了。谷守红挂掉了电话。

河套

镇上只有一条河流，从山里顺沟淌来，细细的，沿着北山脚下到镇上，确切地说是到火车站对面医院房后才开始宽泛起来，但也就四五米吧，踩几块石头就可以过去。再往下，过104户最后一趟房子，快到中学校的围墙时又拓展些，这时岸上人家就搭了木板桥：两边是废弃的铁轨，木板夹在中间。至此，河流便有了些样子，可以平铺直叙大大方方地穿镇而过了，直到熊腔沟沟口一座灰褐色的石砬子下，转了三十几度弯儿，与镇里通往镇外的那条公路并肩而行。不多远，汇入另一条河。

那条河是从莫日红山上流下来的，经过十几个村庄后，在北三家黑石木汇入浑河。

那条河叫什么名字我们不知道。或许就没有名字。就是流过镇上的这条河叫什么名字，我们也不知道。我们统称为大河、河套。

走啊，到大河抓鱼去呀！

我妈呢？去河套洗衣服了。

我们总是这样说。

粮站前的那趟白灰房里一共住四家，我家把西头。西头除了菜园子，就是一条排水沟，所以进出都走东头，经过刘波、孙朋、杨柏栋三家门前，到下院的巷子上。再下行，就是公路。公路上边是粮站，下边是中学，如果去河套，沿着中学围墙边的羊肠小道一直走，过井沿儿和一大片地就到了。

与铁道、大道一样，河套也是我们经常光顾的地方。

游泳、抓鱼、放鸭放鹅、浣洗衣服、冲刷家什，到学校后山摘野果、采野菜、捡蘑菇，甚至用弹弓打鸟，都会来到这里。上述这些，我也并非样样擅长，比如抓鱼、打鸟，参与的就很少，就是伙伴们都喜欢的游泳，我也基本不会，哪怕狗刨呢。而放鸭放鹅、浣洗衣服、冲刷家什，这些日常活计却是一个都不能少，因为我家没有女孩，母亲又是体弱多病，父亲上班，哥哥上学，这些被男孩子们所不屑的事情，无奈就落到了我的身上。

但我还是经常同伙伴们去河套玩儿，和他们一起挖河床、搬石头、砌河坝，让水面长高，然后看他们甩掉裤衩儿一头扎进水里，羡慕得不得了。当然，这时我也一定是光着屁股坐在河里的石头上，时不时地把头埋进水中，练习憋气。终于有一天中午放学，我和孙朋、刘波没有回家，也没有去中学后面的河套，而是径直来到熊腔沟沟口那片深水域，脱光衣服，爬上石砬，纵身一跃——结果，右膝盖被水底一块玻璃碴子划破，血流了出来。孙朋用红领巾给我包扎了伤口，刘波帮我背着书包，我一瘸一拐地走回家来⋯⋯

熊腔沟沟门那座石砬上有一个山洞，传说住着妖怪，因为每天日出之前，常有白气从洞中飘出，且伴有莫名的声响，仿若仙境。我们总想去看看。一天下午，孙朋的哥哥孙贺、杨柏栋的五哥杨柏良决定带我们一起去。没有手电筒，我们就点燃几张油毡纸当火把，又手持棍棒、石块，一边喊叫一边小心翼翼地探进。自然，里面未见什么妖魔鬼怪，只有辨不清何种动物的粪便凝固在石头上，以及数十只蝙蝠横冲直撞，让我们吓了一跳。

后来知道，这个山洞并非天然形成，而是新中国成立初期，地质勘探队为寻找矿脉用火药炸开的一个洞穴。

之后，我再也没来这里游过泳（其实就是洗澡），更未进入这个山洞。如果去熊腚沟玩儿，或是去那片野地挖菜、打猪草，也只是远远地望望那被杂树和乱草遮掩的洞口。偶有野鸡起落，但我抓不住。前面说过，这不是我的强项。不像孙朋，他就曾在这里打到过一只肥硕的野鸡，用他家那支老洋炮。

孙朋不仅枪法准，弹弓也打得利索，不像我和刘波拖泥带水。我和刘波也有弹弓，却很少打到鸟儿，时不时地还要被皮筋儿崩手，甚至被反弹回来的石子儿擦破脑门儿。孙朋也常做弹弓，用树杈和卫生所医务人员废弃的听诊器，或自行车里带，弹兜儿也是皮手套剪的椭圆形，总之，讲究得很。不过这样的好东西，他并不舍得给我们，而是揣裤兜儿里去河北沿儿老单家。河北沿儿即河套北岸。老单家小福子长我们几岁，同我三哥、孙朋哥、刘波大姐一届，因患小儿麻痹初中没念完就辍学了。小福子很聪明，也会做弹弓、渔网、鱼叉，孙朋和他在一块儿玩儿，可谓技术交流。其实，孙朋和小福子他们尽管心灵手巧，能做弹弓及其他，但他们一定不会做匕首、火药枪。能做这些的是更大的孩子，或者已经不是孩子，而是社会青年了。他们用汽车上的钢板打磨匕首，用不锈钢管和自行车链子制成能够转动的连发枪——当然只装火药，没有子弹。而随着一次次严打运动的到来，最终也都销声匿迹了。

印象中，我也去过老单家多次，但未必是去学什么经验。学不会啊！去，往往是因为借什么东西，比如在河里洗父亲下井穿黑的作业服，突然棒槌被水冲跑了，追不回来，就只好踏上木板桥去他家借。有时家里没人，院门敞着，就径自拿了。

那时，夏天总是多雨，河套里的水溢满河床，甚至淹没岸上的田地。

待雨停下，我们这些孩子就会手里拿着塑料桶、笊篱，奔向河套。是的，我们去抓鱼。我虽也不善此事，但觉得好玩儿，或者说不能不去这么做——白捡的鱼谁不要？而老单家和居住在北岸上的几户人家，则顾不了这些，他们正用水盆和瓢从屋里往外舀水。门前那座木板小桥也早已没了踪影。当然，桥，日后还会重搭。铁轨和木板，矿上也会再给。

一切似乎还好。

如果是冬天，冰面尚未封冻，没有桥就是个糟糕的事情。那年三九天，北岸的一户农民去熊腚沟朋友家喝酒，回来的路上就掉进了冰河里，睡了一夜，再没醒来。

有关冬天的河套，还有一个有趣的故事：

正月十五闹元宵。怎么闹呢？去大河吧，去骨碌冰吧。大人们说，骨碌冰对身体最有好处，爱长个儿，脑瓜儿也会变得聪明。谚云：骨碌骨碌冰，越活越年轻。于是，呼朋引伴，在邻家哥哥的带领下排着队奔向大河。

也不知哪个哥哥，孙贺还是杨柏良？突然作起诗来——说是民谣或顺口溜还差不多：

东至东海一座楼，

东海龙王住里头。

正月十五闹元宵，

俺给龙王磕个头。

于是，月光下，你磕一个头，我磕一个头，大河上顿时乱作一团。而明天，也就是正月十六，就要下地拾粪、上山打柴了。春天的脚步也近了，大河也要开化了。

菜园

　　我家有两块菜园：一块在房前，一块在房后。这没有什么稀奇。不过是因为我家把西头，西头有一条斜插过来的壕沟，壕沟外是付存家的田地和公社的打谷场，于是壕沟就成了分界线。如此，除了房前房后外，我家菜园又向西边延展了几百平方米，属于偏得。这在我们工人户中并不多见。

　　比如我们这趟房的四家中，刘波、孙朋家居中，房前房后也有两块菜园，但只是与屋子宽窄相同的规规矩矩的两条，而把东头的杨柏栋家，东边也有余地，却又靠近下院的胡同，不能多占，只能"戛然而止"。如果不是那条通往猪圈和厕所的小道把我家的两块菜园隔开，它们完全可以连成一片成为一块大大的菜地。当然这样也很好。

　　父亲说，两块地，可以种不同类别的庄稼，而不仅仅是蔬菜。

　　我们相信出身农民，后成为工人阶级中的一员的父亲有这方面的能力。他既是规划师，也是践行者。

　　前园朝阳，一般就种低矮的蔬菜，土豆、萝卜、白菜、韭菜、蒜苗、茄子、辣椒、生菜、香菜、西红柿、葱，甚至本地很少有人种的花生。可谓品种齐全，应有尽有。后园阴凉，就要换些样了，种一些高挑儿或是需要搭架的苞米、豆角、黄瓜、倭瓜。这些菜，一家人吃不了，母亲就送给亲戚和邻居，有时也拿到市场上卖，换些零花钱贴补家用。有那么一两年，父亲在后园种了几垄烟叶，除了自家抽外，也拿出去卖。如前所述，父亲也算具备一定的商业头脑，至于烟种得是否成功，作为小孩子的我不得而知。我只记得，一个深秋的夜晚，当我和母亲被窗外的雨声惊醒时，立即想起白天父亲的叮嘱：如果傍晚感觉天要下雨，一定想着用雨布把晾晒的烟叶盖上！可谁知，雨是半夜突然下起来的，尽管我和母亲冲出房门，来到后园，打开厚重的雨布将已经半湿的烟叶遮盖，次日还是遭到父亲的责骂。

那时父亲在矿上打更，上夜班。

除了上述两块园子种的一些时蔬、庄稼外，我家还在铁道南的柴火垛旁、前山半山腰的菜窖边、老贾家房后的组扇附近开了自留地。这些地主要种大豆、高粱和红薯。因为是山地，土壤贫瘠，离家远又不便浇水、施肥，长势并不喜人。如果再遭逢谁人掳掠，简直得不偿失。但父亲不这样认为，坚持种地，多种地，即便事倍功半，也是一种收获。攒下力气何用？难怪父亲是工人中的农民，飞机中的战斗机——当然，那时还不时兴这么说。那时还没见过飞机。就算见过，也是在小人儿书上吧。

扯得有些远了，打住。

我家房前房后的两块菜园，我所在意的其实并不是它种植的品种如何多样、一日三餐多么丰富，尽管它足可成为全家人的食粮。我的欢喜，除了这些，还有母亲在两个园子的边边角角种了许多花卉，海棠、月季、芍药、鸡冠、秋菊，甚至罂粟，加上爬满栅栏的喇叭花简直绚烂至极。当然，罂粟是明令禁种的，但仅有几株并不惹人注意，何况这也是为了街坊邻居，谁犯牙病，能够含一点儿籽粒止痛。向日葵也是耸立在栅栏边的，但它似乎不算花，虽然也叫葵花。有了花，自然也就有了蜂、蝶、蜻蜓和其他草虫，有了燕叫和虫鸣，有了蛇出没。蛇是土蛇，不伤人，人也不伤它，碰见了就拾根棍子挑它到壕沟边的柳树毛子里。那柳树，也是父亲和哥哥们为了防水而栽的，如果是春天，远远望去如一条缥缈的绿色绸带。

记得后园的壕沟边，哥哥们还挖了一口水井，不深，只供旱季浇园子用。水井里也是放了几条从大河里捞来的白漂子鱼，只是不知何时，这口水井废弃了。同样废弃的还有前园的两棵树，套用鲁迅先生的名言：一棵是沙果树，另一棵也是沙果树。已经到了结果的旺盛期，忽然有一天，父亲说把它们砍了吧，省得欺压园子。在父亲眼里，这些都是副产品，但它们不同于那些鸡、鸭、鹅、狗，鸡、鸭、鹅不仅可以下蛋，用来招待客人，逢年过节还能派上更大的用场。狗则可以看家护院。

我们无力反驳父亲，尽管沙果很脆很甜。

我能做的只是干完家务活儿，拿起书本到房后的屋檐下看书、写作业、画画儿。对，是画画儿。那时我正痴迷于绘画和书法，每每闲来无事，就会拿个速写本蹲在园子里，一会儿画画黄瓜，一会儿画画苞米，谓之写生。当然，也画过电影票，在那五颜六色的纸上，用墨水笔，然后分发给刘波、孙朋，只是成功率很低，经常被俱乐部把门的大叔识破，训斥一番。

电影没看成，就沿着铁道往家走。铁道上自然没有路灯，但道下的居民区却是灯光闪烁，那些近距离的人家窗口甚至可以看到谁谁在晃动，仿佛也是电影一般。

二哥说，他小时候的一次经历，绝不亚于电影：

那是一个雨天，他正趴在炕上的窗台边玩儿，几道闪电几声响雷之后，突然一个火球从敞开的后窗飞进来，在屋子里打转。几圈后，啪的一声，撞在他头顶不远的窗框上，而他丝毫未损。待大家惊魂落定，只见窗框被烧成了黑色，旁边的墙皮也脱落一大块。次日，听邻人说，当时正走在铁道上，眼见一个火球从沟口往沟里飞，一路跳跃奔突，直到粮站房头左转，向我们这趟房而来……你家二小子，命真硬！

这些都是夏天的事情。

冬天，我家的园子也是一个欢乐场。刘波、孙朋、杨柏栋，还有弟弟，我们这些半大孩子不仅可以在这里尽情地堆雪人、滚雪球、打雪仗，胯下一根苞米秆，手握木枪木刀，你追我赶，尽情操练。有时，干脆翻越西壕沟的柳树墙，到公社的打谷场去逮鸟，用弹弓或簸箕。前者好理解，后者还需米粒做诱饵，而一条细细的尼龙丝绳更是必不可少。逮到的鸟也多是麻雀，如果裹上黄泥放进灶坑里烤着吃，味道真是好极了！

当然，也有悲催的时候。那年腊月，清晨，父亲推开菜园门，发现一行陌生的脚印直奔西壕沟而去。紧挨后园门的仓房，锁头落地，压在瓷缸里的半扇猪肉不翼而飞。如果细究，也不难找到脚印去处。

算了，再有两天就要过年了。父亲说。

下院

粮站下片是一个居民区，主要位于铁道和大道之间，如果画格子的话，大致是南北三个胡同，东西十二趟房，每趟房住四家，一共四十八家。另有一些散户，分布在铁道南、大道旁和河套边，这些一般是商业户或农业户。

我、刘波、孙朋和杨柏栋，我们四家住在粮站前唯一的一趟白灰房里，与那些规规矩矩的格子似的住户，相隔一条胡同。我们称他们为下院。

下院住着我的十几位同学，离得最近的是李淑清家，最远的是铁道南的贾兆良家。老师给我们分了几个学习小组，李淑清在我们组，贾兆良本应该和王贵富、刘洁他们一组，可他愿意和孙朋扎堆，所以也加入我们这里。我们组长是杨柏栋，虽然他高我们一年级，但在一起写作业，老师说不会的题可以问他。事实上，杨柏栋也不总和我们在一起，倒是他的姐姐杨柏莉经常监督我们，时不时地还要检查一下作业。

学习小组也通常在杨柏栋家门前的院子里，放上一张饭桌作为课桌。那时的家庭作业不像现在这样多，也没有什么补课家教一说，谁先写完谁就可以回家。

那时，总觉得家里有干不完的活儿：喂猪喂狗、放鸭放鹅、挖野菜、扫院子、擦玻璃等等。那时不知为什么，一年四季总有卫生检查，尤其是春天，街道委员孙大娘就会带几个妇女挨家挨户走，看谁家收拾得干净，然后将合格或不合格的证书贴在房门上，以此起到表彰或鞭策作用。

一天，写完作业，当我正要起身回家时，杨柏莉对我说，让李淑清去帮你擦玻璃吧，将来你娶她当媳妇！李淑清满脸通红。

多年后，小学同学聚会，我端着一杯酒单独敬了下李淑清，搞得她莫名其妙。

刘波说，人家早把小时候的事忘了。就你，还在做梦。

是啊！那是一个多梦的年代。夜里，总觉得睡着睡着，就会被一阵喧闹的锣鼓声吵醒，急忙套上衣裤跑到街上，随便从哪个人的手里接过一面小彩旗，在响亮的口号声中，不停地挥舞着。白天看见一些公共场所的墙壁上，贴着一张张白报纸，上面用墨水写着龙飞凤舞的字迹，有的认识，有的不认识。学校、工厂的墙下，总是搭着高高的跳板，有人站在上面用板刷蘸上或白或黄的油漆，一丝不苟地描着斗大的宋体字，都是些大词：坚决、捍卫、伟大、光荣等等。跳板下围着很多人，有的看热闹，有的称赞字写得好。

我心想，其实宋体字没什么艺术可言，太死板。我还是欣赏哥哥习字帖上的颜筋柳骨、苏黄米蔡。

这时，有谁忽然喊一声刚搬来不久的阮小利同学，让他出来。后者的家就住在粮站房头的对面，挨着胡同口。

你家是从哪里搬来的？

外地。

外地哪儿？

说了你们也不知道。

操！

你爸不是我们矿上的工人吧？我们怎么一次也没见过。

我爸是烈士，抗美援朝时牺牲了。

啊？

我爸是副连长，一次战斗中，他们的连队只打剩下他一个人了，他手里也只有一把刺刀了……敌人一梭子，子弹直接穿透胸膛。

那么厉害？

当时立个碑！

当时战友们全都牺牲了，谁给你爸立碑呀？哪来的沙子、水泥呢？难道是美国佬儿发善心或出于敬佩？

这个，我就不知道了……

有一年暑假结束，开学好几天了，阮小利才来上学。老师问他原因，他说是跟他妈回了老家，买不到返程车票，就晚了。下课后，我们几个同学自然又是围上他刨根问底，弄得他只好告诉我们，他老家在江苏南京——操！那么远啊！南京有长江大桥啊！我家门斗上的玻璃画就是南京长江大桥。

那个大桥，我上去了。阮小利说。

高吗？

不算高。

有多高？

到我妈扎儿（东北方言，指乳房）那么高。阮小利在胸前给我们比画了一下。

不对吧！到你妈那儿，怎么能走船呢？

就是能走船嘛！我们站在桥上亲眼看见一艘艘轮船从桥下驶过！

敢情你说的是桥上护栏的高度到你妈那个地方呀！我操！恍然大悟。

小学毕业后，我们好像就再也没有见到阮小利。也许他回南方了吧。不仅阮小利，就是经常和我们一起上学放学、上山打柴、下河抓鱼的王贵富，也不和我们玩儿了，而是去了另一个世界——他因和家人吵架而赌气，跑到南山的苞米地里喝了敌敌畏……下院，能够和我们这趟房的孩子继续玩儿的似乎就剩曹大军、张树文、杨迎春了。贾兆良虽然也经常穿着一双牛角鞋从铁道南下来，但他妈总看着他，时间稍长点儿，就会来叫他回家干活儿，气得贾兆良把跳绳往地上一扔，说，好吧！你替我跳，我回家。

　　于是，大家就散了。

　　那时候，天总是很蓝，阳光也很明亮，但不知为什么有时会突然感到莫名的不安、烦躁、寂寞和伤感。也许是我们长大了吧。

玻璃

20世纪六七十年代，虽然那时候的窗户、镜子、相框等一些物品上都镶有玻璃，可玻璃依然是稀缺之物。不然，在学校操场踢球时无意中打碎了一块教室窗玻璃，老师就不会逼迫学生回家要钱赔付了。然后，学生再挨家长一顿揍。

这是真事，很多男孩子都经历过。

但我今天，不是说这个。

粮站前白房紧挨着火车道，过火车道，去南山的路旁，有一个水泡子，据说是附近居民经常在那里挖土盖房子，天长日久，地下水渗出而形成的。土是不能再挖了，倒可以把家中的鸭、鹅赶来游泳，吃水中的小鱼、小虾。泡子边也逐渐成了垃圾场，破东烂西堆起老高。

你猜对了，我就是那个经常来水泡边放鸭牧鹅、顺便在垃圾堆里寻找宝物的男孩。

弹弓子、玻璃球、轱辘圈、洋钉子、洋火柴、旧书刊，甚至金光闪闪的毛主席像章，都捡到过。但这些，也并没有怎样打动我。让我倍感激动的是，一天，我居然捡到了一块5毫米厚的玻璃。虽然只有书本那样大，却是标准的长方形——这一定是谁家在割大块玻璃的时候，剩下的一小块，比如茶几上的玻璃，就通常用这种5个米毛的（嗯，关于玻

084

璃的厚度，我们都愿意说几个米毛的，而不说几毫米）。这种厚玻璃，周边都是墨绿色，阳光下闪着宝石样的光泽。

将玻璃拿回家擦洗干净后，我立即翻出那个珍藏已久的日记本，里面印有一张周恩来总理的彩色相片。周总理浓眉大眼，略带微笑的脸庞，让人感到无比亲切。这张照片比玻璃板略小一点儿，于是剪下。用一片果子（糕点）盒上的纸板和玻璃一起，把总理相片夹在中间，再去仓房找来一根铁丝，用钳子弯成一个托架，放在地桌最明显的位置。

这是 1976 年春天的事情，周总理去世不久。

记忆中，我好像只捡过这么一块厚玻璃，更多的是那种常见的3 个米毛的薄玻璃。易碎，周边也无墨绿，或说不明显。这种玻璃通常是谁家安装橱柜门或是窗户剩下的。通常也不是那么规则，但依然有它们的用处。比如在房前屋后，我们这些孩子经常会在地上挖几个土坑，将捕捉到的昆虫，如蚂蚱、蜈蚣、蛐蛐、蚯蚓、蜻蜓、蝴蝶等等，放在坑里，然后盖上玻璃，看它们在里面如何挣扎。有时，良心发现，也会在玻璃一角留出一丝缝隙，丢进一些更小的虫子，或是米粒。有了食物，这些陷于困境的家伙就会一时忘却危险，舞之蹈之起来，尤其蚯蚓，极尽消遥之能事。而最为壮观的，是在几个相距不远的坑中，因为挖有通道，它们就会往来穿梭，仿佛住进了豪华别墅一样，过起了家家。

但蝴蝶是飞不过去的。蝴蝶只能委曲求全，任由美丽的翅膀不停地扑腾。

往往这时，女孩子就受不了了，她们会把玻璃掀开，放出蝴蝶。甚至把其他小动物们也放出来，而将采撷的鲜花置于坑中，谓之花窖。

以上所述，该算是童年的趣事了。

及长，便进一步发现了有关玻璃的妙处。

那时，矿山小镇，一些办公场所正在流行悬挂毛主席像，有铁皮的，也有木制的，但更多的是纸质印刷品。如果房间足够大，比如工人俱乐部、食堂、粮站、商店、学校和一些单位会议室，悬挂马、恩、列、斯、毛一套五张的彩色大幅画像，不仅需要木框，还要镶嵌玻璃，以示威严、庄重和长久。

1976年，毛主席逝世，之后下乡知识青年开始返城，二哥便是其中一个。找不到工作，他就到学校木工房拜师学艺，成为一个会做课桌、板凳的木匠，还学会了打家具、拉玻璃。工装上衣兜儿里，永远别着两样东西：铅笔和玻璃刀。牛逼啊！吱吱几下，啪的一声，再大再厚的玻璃也会如愿以偿地成为谁家的窗玻璃、柜门玻璃、茶几玻璃，成为镜子，成为鱼缸。根据需要，有时还会拉出圆形、椭圆形、菱形的，甚是妖娆。二哥不仅把我们家里缺角、裂纹的门窗玻璃，在寒冬来临之前及时换掉，还给家里打了地桌、炕桌、衣柜、被柜、橱柜等等，当然有的也要镶上玻璃。这时，我已经开始学习绘画，二哥就鼓励我在他打的这些家具玻璃上画。没有一次成形的把握，就先在纸上打草稿，最后再把玻璃压在上面描摹。几番下来，花鸟鱼虫、梅兰竹菊、日月山川，竟也有模有样栩栩如生起来。其时，有一种毛玻璃，半明半暗，用来画鱼和水草效果极好，也不用再画水了。

二哥说，毛玻璃贵呢，且不好买。不过有一种办法：用磨砂石或精钢砂沾水打磨，就会把明玻璃变暗、变糙、变灰，但费时间。

鲁迅先生说，哪里有天才，我是把别人喝咖啡的功夫都用在工作上的。咱不工作，咱磨玻璃。功夫不负有心人，磨后的玻璃不仅有一种朦胧之美，而且落笔涩而不滑，如遇泾县宣纸。若干年后，二哥说，有一次我挤油画颜料，因为长时间不用，管口已经塞住，我以为油挤油会出来，结果旁逸斜出，弄了一手。还说，我不应该把画扔了，应该坚持下去。

二哥说的"扔了"，是指我后来放弃画画儿，有些可惜的意思。

台灯

十几平方米的老屋，一铺火炕占去一半的位置。屋地逼仄，除却靠墙的一对木箱子，自然就没有多少留白。二哥手拿一把卷尺，左量右量，最后说，嗯，能放下。

二哥是木匠，老屋里的家具，除了那个水曲柳炕柜是他师傅打的外，其余均出自他手。那时，二哥在学校木工房上班。我和三哥、弟弟上学。我们常央求他给打个写字台，省得作业在炕沿儿上写。二哥说，这点儿地方也放不下写字台啊！挤个地桌还差不多。

地桌是写字台吗？

能在上面写字，就是写字台呗。

半月后，二哥用带车子推回来一个地桌——的确不能叫写字台，因为它只有两个不大的抽屉和两个对开门，不像邻居杨柏栋家的宽阔大气。当然，那是他当校长的爸爸的办公桌。二哥打的这个，虽然有点儿自惭形秽，颜色也不是通常的紫檀色，而是刷了亮油的焦黄，榆木花纹都向着一个方向使劲儿，但放在我家屋地真是再好不过了。

二哥说，柜门上的两块玻璃得画点儿什么。

这个任务当然是交给我了。泰山日出、桂林烟雨，画起来也不是多难。

有了地桌，写作业、看书，就再不用趴在炕沿儿或是炕桌（饭桌）上了。招待客人，沏茶倒水也有了安放之处。我的文房四宝，更是理直气壮地置于桌子一端，写不了大字，画不了大画，但比先前的炕桌还是宽余得很。

有一天，三哥说，要是再有一盏台灯就好了。

那很贵吧？我说。

没事，咱自己做。不知从哪里，三哥找来一块有机玻璃板（不厚，3个米毛吧），用格尺和铅笔在上面一阵量、画，然后用锯条沿线拉出两个相同的菱形板、四个长条板，用砂纸将它们的周边打磨光滑，再在菱形板上钻一个小孔。三哥说，你会画，就在那四个长条板上画点儿什么吧，再用刀刻出来，白描那种，最后填色——还是画三条吧！正面那条用来刻字。刻什么呢？当然是周总理的格言：为中华之崛起而读书！

于是，梅兰竹菊，我选了前三个，多色。字是双钩隶书，纯红。都是反画反写。如此，四个长条板组成一个立柱，两个菱形板中间夹了一张碎花彩纸，作底座，座下四角，垫上四个绿色塑料跳棋。最后，它们都用502胶紧紧地粘合在了一起——一盏台灯的骨架已经完成，剩下的就是灯泡、灯头、灯线和灯罩了。后者，三哥早已用一张白色的薄塑料加细铁丝做成了，前者更是我们每个矿山家庭都能找到的，只需将它们连接在一起，将那个细细的灯线穿过菱形底盘上的孔眼。

为中华之崛起而读书。没有一盏台灯怎么能行呢！我们好不欢喜。

现在想来，其实那时也未必就读了多少书。能读到的书毕竟有限。

作为矿工的儿子，那个年代，生活在偏远的小镇，除了上学，更多的时间是用来帮助父母干活儿，维持生计。打柴、割猪草、放鸭子、侍弄菜园、喂鸡喂鹅，颇有生命不息、奋斗不止的意思。晚饭，总是要等到天黑才吃。看书、写作业，更是排在最后。

我不是一个功课好的学生，但却深深地迷恋绘画和书法，受三哥的影响，也十分喜爱文学。小镇偏僻，没有专业老师教，就只能自学，好在那时，三哥已经中学毕业到外地工作，每每回来，就会给我带一些书刊。当夜幕降临，劳累了一天的父母进入梦乡的时候，我才能走进自己的一方天地：拧亮台灯，看书，写日记，贴剪报，抄名言警句，临摹字画。那时没有画夹，更没有画架，二哥就给我拼了个方木板，画素描时，我把木板担在地桌边沿儿，没有维纳斯、大卫石膏像，就把梨、桃等瓜果摆放在桌面上，练习静物写生。也曾临摹过《芥子园画谱》和《徐悲鸿素描》，印象最深的是一本外国人体素描书，里面有很多男女裸体画。这样的书，白天都要放进抽屉的底层，只有夜深人静时才能拿出来看。

　　这样的夜晚，就有了些神秘感。那盏闪着橘黄色光圈的台灯也愈加显得珍贵。

　　我们家没有女孩，兄弟五个清一色。记忆中，我画过二哥、三哥和弟弟，也画过父亲、母亲，但都是速写，用当时的流行语是劳动人民的生活场景。可能也画过杨柏栋的姐姐小莉，不过不是现场速写，而是临摹她一张3寸大的黑白相片，大眼睛、辫子粗又长的那种。画完，不仅杨柏栋和小莉说像，邻居们也是一片啧啧称赞。现在想来，当时画的无论素描还是速写，肯定都是不成熟的，更谈不上什么技法。画得像，似乎是唯一的标准。

　　有一幅画没有完成，让我至今难忘。

　　与父亲一样从老家海城来到树基沟矿山工作的老乡，有十几个，其中和我家关系最为密切的可能就是杨叔了。不过，杨叔家并未安在镇上，而是几十里外的北三家乡（那时叫公社）。有时下班，赶不上车回家，杨叔就会在我家临时住一晚。逢年过节，杨婶儿也会带着孩子来我们家串门，当然，我们也会去他家。

有一年放暑假，杨婶儿家的女孩小莉（居然也叫小莉）跟杨婶儿来我们家，小莉与我三哥同龄，长我 4 岁，我应该管她叫姐姐。我白天帮家里干活儿，晚上仍然是拧亮台灯，写字画画儿。小莉坐在身旁，边看边缠着我给她画画。我问，你要风景还是花鸟啊？她说这两样都不要，让我直接画她。我说那我可画不了，我还没练到那个程度。你得给我照片。

小莉说，你能哩，我看抽屉里有你画的那么多人物像呢。真好看。

说着，她就伸手去拉地桌上的抽屉，吓得我急忙按住。

的确，抽屉里有我平时画的画，素描有，水彩有，都是 A4 纸一般大小，整整齐齐地摞在那里。好不好不说，关键是那本外国人体素描书就藏在这些画的下面。

难道，她……

想到这里，我的脸不禁滚烫起来。

好在这时，杨婶儿叫小莉上炕睡觉。我心中的一块石头才落了地。

年画

粮站前白房一共住四家，每家都是一间半屋：一间作居室，半间作厨房。前者一铺火炕，从南窗盘过来，占据了多半个空间，冬日温暖的阳光从窗外照射进来，打在涂着蓝色油漆的炕面，印着一格一格的窗影，很是好看。

母亲盘腿坐在炕头上，纳着鞋底。

今年的年画你要画什么啊？我爱看嫦娥奔月。母亲对我说。

嫦娥奔月贴在炕头这面墙上，多好。母亲又说。

嫦娥奔月不好画。我回答母亲。

你能画呢。

我试试看。嘴里应着，心底已打起了腹稿。

20世纪七八十年代，在故乡每逢春节，家里张贴的年画都是从镇上唯一的商店购买，题材单一、内容重复，时间久了难免有些厌倦。即便后来有了岳飞、花木兰、草原英雄小姐妹等题材的多格年画，价钱亦是不菲。自画自家画，既节省了钱，更有一种莫名的感觉在心底款款流动，难与外人道。

那时我上初中，跟着学校唯一的一位美术老师学画。

那个下午，母亲从炕柜的抽屉里找出一方手绢给我看，上面一个衣袂翩跹、长袖飞舞的仙女映入眼帘。无疑，这是嫦娥奔月的图案。

于是，将整张画纸铺在炕上，铅笔、橡皮、12 支装国画颜料盒、几支大小不一的毛笔、墨水瓶、调色盘等等，一溜儿排开，用刘波的话说，又拉开了架势。之所以说又拉开了，是因为每年这个时候，也就是春节前夕，我都要拿出这些画材画年画，什么上山虎、下山狮、连年有鱼、一团和气，我都画过，甚至二哥新打的地桌、被柜，上面的门玻璃画也出自我手，尽管只是临摹而已，算不得创作。但这有什么关系呢。那时，一进入寒假，我就会在心里盘算什么时候开始画年画、写春联了。家里的哪堵墙哪扇门，该贴什么画什么联，用现在的话说都要有个整体布局。母亲说的嫦娥奔月，要贴在她做针线活儿背靠的那面墙上，那么家里最显著的位置也就是炕上两窗之间的墙，则应该画一幅梅兰竹菊四君子的大画，而炕梢边的窄墙，最适合挂一长轴，书法亦好，要那种句子才贴切：春风放胆来梳柳，夜雨瞒人去润花。北窗旁应该是一幅牡丹或荷花，缝纫机上的空位，挂耕读人家，字画皆宜。总之，心里有了数，剩下的就是具体操作了，就是夜以继日，就是趴在洒满阳光或灯光的炕上涂涂抹抹了，一幅幅，不仅家里贴，有时邻居、同学喜欢，也常常索了去。

现在已经记不清是哪一年了，腊月里，母亲患胆结石病，需要去省城医院做手术。当时大哥、二哥在矿上上班，脱不开身，就只有退休的父亲和刚参加工作不久的三哥陪母亲去，留下我和弟弟看家。守屋望门，喂鸡喂鸭倒也罢了，只是临近年底，家家户户开始张灯结彩，唯独我家冷冷清清，不但年货没买，就连除尘糊墙、拆洗被褥这些最基本的活计也没做。母亲是个要强的人，平时在家洗洗涮涮、缝缝补补，尽管小屋简陋，也要干净整洁。我对弟弟说，咱俩在家可得多干点儿活儿啊！弟弟很听话，不再出去玩儿了，我们就一起劈柴、扫院子、擦玻璃、洗衣服，街上的孩子已经陆陆续续地鸣放鞭炮了，我们却掐指算着还有几天过年，母亲什么时候回来。那天，我正和弟弟糊墙，歪歪斜斜总算糊上了，棚却够不着，这时，刘波的姐姐看见就主动过来帮忙，使我和弟弟很是感动。但最让我们焦急的还是那些被褥，拆是很快就拆了，洗也洗了，可怎么也缝合不上，难道要等母亲回来不成？这时，一趟房的婶婶们又丢下自己手中的事情，替我们缝补起来，记得当时我哭了，弟弟也哭了。就这样在邻里乡亲的帮助下，我们的家和往年一样，也有了节日的气氛。

为了表达对邻居的谢意，我用了三个晚上的时间画了三幅画，并题上感激的文字，在腊月二十五这天登门送去。邻居们很高兴，马上将画张贴起来。也就在这天晚上，我和弟弟听到一阵急促的脚步声——母亲回来了！母亲成功地做了胆结石手术，回到家里躺在那坚硬温暖的火炕上，睁开眼睛，望着我和弟弟，望着这个和往年一样干净而整洁的家，露出了欣慰的笑容。

灯笼

　　吾乡早年，糊灯笼也是迎接春节必不可少的杂事之一。我之所以说是杂事，是相对于那些更为重要且繁复的活计而言，比如杀年猪，比如腌酸菜、蒸豆包、烙粘火勺，从准备到施行，不仅时间长，也需要更多的人手。但糊灯笼，一人足矣。

　　那时，很少有卖灯笼的，即使有，也是大大的圆圆的像天安门城楼挂的那种，除非厂矿机关单位能用上，普通百姓人家并不适合，况且还要花许多钱。自己糊，想要什么样的不说随心所欲吧，但圆形、方形、五角形，总会借着自己的想法做出一二，与写春联画年画一样，收获或多或少的成就感和快乐。

　　我家的灯笼一般也都是由我来完成。

　　记得第一次做灯笼，母亲对我说，你心细，能做好。

　　母亲似乎还不愿意将心灵手巧的褒义词奖励给我。她是要看我的结果哩。

　　这有何难。

　　做灯笼，最简单的就是正方形、长方形的。首先，找来几根高粱秆儿，按一定尺寸剪断，然后用麻绳捆紧各个接头，底部托蜡烛的横杠用一块长条木板，中间穿透一个铁钉，钉尖朝上，既可用来托举蜡烛，又能起到整体稳定作用。灯笼的上方，对角或中间，拴一条细铁丝，无疑，这是用来悬挂的。灯笼骨架搭好，剩下才是真正开始糊灯笼。我们一般都是用买来的彩纸，裁成与灯笼四面相同大小的四块，或红或绿或蓝或粉一种颜色，或互相交替，最后用糨糊粘好，放进蜡烛或灯泡，应该说，一个灯笼就基本完成了。但，这显然也太简单了！这不符合我的风格。我不仅要用裁剩下的彩纸剪成一缕缕的穗儿，粘贴在灯笼上下的边缘，还要扎成一个长穗儿，用细绳系在蜡烛底下的横板上，甚至找来毛笔，在灯笼的四面题字，什么恭贺新春、四季平安，云云。好不自得。

不过，墨水字在灯笼上，照出来总是显出黑影。

母亲说，我给你剪几朵花贴上吧，用彩纸。

母亲有设计的天赋。她不仅给我们这些小孩子做衣裤、织毛衣，就是我们脚下的鞋垫，也是母亲用平时积攒的小碎花布缝合起来的，如果面料稍微大一些，她就会用缝纫机在上面扎出蝴蝶蜈蚣、花草树木。即便是再小不过的碎块，也要尽量搭配，做成好看的样子。剪纸，更是她的绝妙手艺。平时，我们兄弟用过的旧书本，如果不要了，她都会拿去做剪纸，尤其是画报，不仅厚实，还带颜色。用母亲的剪纸来装饰灯笼，显然要比我那黑乎乎的毛笔字，亮堂多了。

我家做灯笼一般都是一小一大，前者挂于房门檐下，后者则要高悬在院子里的灯笼杆上。那时，每家的院子里都有一个灯笼杆，上面钉一个三角形木框，安上滑轮，做好的灯笼就会通过滑轮上的绳子上下起落。灯笼杆以高且直为上品，如果在顶部再能扎一束青翠的松枝，简直完美至极。挂灯笼，通常都在年三十的傍晚，人们吃过晚饭，包完饺子，等待新年钟声的时候，每家房前和院子里的上空就会亮起红红的灯笼。那时还没有春晚，即使有，12英寸的黑白电视机也是雪花纷飞，难以卒看。这时，我们这些半大孩子就会跑到家门前的小火车道上，俯瞰眼下的居民区，比谁家的灯笼挂得高、照得亮、映得红。

我们这趟房只有老杨家的灯笼杆是铁管的，不用说，数它最直。但似乎不是那么高——难道铁管太高更容易弯曲？反而不如我们这几家的松木杆高。不仅如此，它还拔凉，手摸上去浑身一激灵。

用舌头舔一下试试？杨柏栋的五哥怂恿我们。

我们才不会上他的当呢。我们先前舔过仓房锁头，粘下一块皮。

当然，这都是那个年代的故事了。

那时，不仅用高粱秆做挂在房门和院子里的灯笼，余下的边角料，还会做几个更小一些的五星灯笼，以供弟弟妹妹们走街串巷拎着玩儿，有时不小心摔倒，蜡烛就会点燃灯笼，直至化为灰烬。后来，二哥从知青点抽调回来，跟一位木匠师傅学手艺，我们家的灯笼就不再用高粱秆做了（具体说也不用我做了），而是二哥用木条、木板做的，甚至还镶上了玻璃。灯笼也由简单的正方形，变成了六角的多边形，很像现在南方流行的宫灯，看起来奇妙得很。

记忆中，二哥做的这个灯笼用了好几年，都是挂在房门前的，从腊月三十要一直挂到正月十五。过了十五，我们就把它收进仓房一角，留待来年擦洗干净再挂。有时上面的玻璃不小心打碎了，二哥也会及时给换上。后来，小镇上的商店也开始卖灯笼了，各式各样的都有，但大多数人家还是喜欢自己做灯笼，尤其是挂在灯笼杆上的灯笼，很多都是请矿上的焊工师傅用铁条焊接的，很结实。

这时的灯笼就很少用彩纸糊了，而是罩上红绸布。里面的蜡烛也换成了灯泡，接上电，通红通红。

借宿

借宿，吾乡亦称找宿或着宿。

20世纪50年代至70年代，一般人家住房都很紧张，尤其是我们矿山小镇，每趟房住四家，每家一间半，二十几平方米。其中一间做卧室，半间做厨房，至于客厅、书房什么的，几乎都没听说过。如此，每家人口却不少。尤其是在计划生育之前，人们的幸福指数是老婆孩子热炕头，不分男女，一窝一窝的仄居一处，蔚为壮观。

想来，这也是没有办法的事情。

我家住在粮站前那趟白灰房里，这趟房从东往西数，分别是老杨家、老孙家、老刘家和我家。我家把西头。怎么说呢？如果不怕饶舌的话，老杨家是九口人，老孙家是七口人，老刘家是六口人，我家是七口人。除了我家，上述三家都有女孩（我家也曾有过两个女孩，但都不幸夭折了），平时还好，无论吃饭还是睡觉，一家人挤在一铺火炕上，用一句成语就是其乐融融。可如果谁家来了亲戚、朋友，如果需要留宿下来，事情就难办得多。那时，镇上虽然也有招待所，但几乎不对外，百姓人家很难被招待一宿。

那时家里来客人都叫"戚（音qiě，方言）"：

程四子，你家来戚了，住不下，今晚到我家着一宿吧！

就这样。

写到这里，我忽然想起一个真实的笑话：一天傍晚，镇医院中医大夫刘铁良夹着一卷行李走出家门，路上行人问他，这是干什么去？刘说，这不嘛，儿媳妇生孩子，把我给挤出来了！我得出去找个宿。可见，那时每家居住条件的逼仄。有的人家甚至是几代人同居一室。

记忆中，我是经常去谁家"着一宿"的。

老刘家紧挨我家，又是亲属关系（刘波的表姐是我大嫂），当然是首选。其次是老孙家、老杨家——但也不一定，得看当日对方家的人口情况，如果正好有出门或上夜班的才更合适。去着宿，一般也是派家中的小孩子，以免占用对方更多资源。着宿也是有一定讲究的，比如起码要把握好时间，要尽量带自己家的被褥、枕头，如果没有多余的也要听从人家的安排。至于洗漱则是必需的，尤其手脚。你总不能在外边跑一天而将臭脚丫子伸进人家的被窝儿吧！还有，就是第二天一定不要赖床，要尽量不动声色地早起，将被褥叠好，悄悄离去。如果人家留你一起吃早餐，即便不是客气，也千万不要真就坐到餐桌边大快朵颐起来。相反，你家来戚了，倒是可以把好东西分享一些过来，以示谢意。

其实这些已是常识，邻里间自然会彼此遵守。

事实上，每家的被褥都很有限。

我就是经常钻刘波或孙朋的被窝儿。反之亦然。

记得一次在刘波家，我、刘波，刘波二姐、大姐、刘婶儿、刘叔，我们已经按照如此顺序，从炕梢排到炕头，睡前，刘波二姐还矫正了我和刘波的睡姿，说是要面向右边侧卧，那样才不会压着心脏，也能减少胃酸的倒流。于是，我转过身面向她家的炕柜，刘波面向我的后背。当我们刚要适应这般健康而美好的睡姿渐入梦境时，忽然传来一阵敲门声。敢情，刘波的哥哥刘斌乘坐晚班车从下乡的知青点回来了，我们不得不起来，重新调整位次——刘斌像一座大山一样横到了我的前面。我们不仅睡意全无，还热烈地询问刘斌在广阔天地大有作为的情况，问他在农村累不、苦不。

刘斌说，你吃过猪肉罐头吧？我说，当然，我还见过猪跑呢！

刘斌说，有个知青从家里带回去一个猪肉罐头，大家你一口他一口很快就吃完了，等轮到他，就只有一个空空的罐头盒了。咋办？

我说，用温水涮涮喝汤。

刘斌说，喝完了汤呢？

扔了呗。

不是，而是又传给下一个没吃到的知青，让他把罐头盒翻过来舔舔！

炕上的人都乐了。

我不大信。我觉得刘斌是在耍幽默。

粮站前白房四家中，老孙家有三个女孩，总是把家里收拾得干干净净、整整齐齐。所以去他家着宿，我会尽量减少些，我更愿意绕过他家去老杨家。我这样说，当然不是指老杨家就比老孙家卫生差，随便造，何况老杨家也有一个勤快的女孩。我要说的是，老杨家把东头，距离胡同有一块地方，那是他家的菜园。有一年，粮站砌围墙，身为中学校长的杨叔就从粮站要了很多砖石，然后在他家的房头接了一间屋——毕竟他家人口多，且孩子陆续都长大了。总之，这间屋盖好，不仅改善了他们自家的居住条件，也成全了我们其他三家，仿佛我们这趟房有了自己的招待所一样，而且是免费的。

此后，只要家里来了戚，我们都愿意去老杨家着宿。甚至不来戚，我们也经常往他家跑——确切地说是往他家后接的这间屋子跑。杨叔开明，从不拒绝。校长嘛，我们都是他的学生哩。

住杨叔家的"招待所"，自然就只有我们这些半大小子了，没有家长，没有女孩，也就没有了矜持。如果是夏天，溽热难耐的夜晚，我们完全可以脱掉背心，只穿一条裤衩儿，把前后窗户打开，让凉爽的风穿过。有时闻着菜园里弥漫的清香，就索性从后窗跳出去，在后园里摘黄瓜和西红柿吃。如此这般，持续到 20 世纪 80 年代，我们每家都有哥哥或姐姐陆续到外地参加工作，乃至结婚，而搬离了老家。我们各家的居住条件才有了改善。

1983 年，我和刘波决定复读一年。临近中考阶段，一向重视子女教育的刘波家，就在房后接了一个小偏厦，从厨房可以拉门直接进去，上炕。这，当然是专供刘波自己学习的空间，但如前所述，我和刘波既是同学、玩伴，也是亲属，虽然我不如他学习成绩好，可也不是一个坏学生。所以有些时候，我们还是可以打着"传帮带"的旗号或幌子，在他的小屋里，一边复习功课，一边谈论班上的女同学。

有时动静大了，刘婶儿就会拉开屋门委婉地说，这么小的屋子，真是难为程四子了。

我心里当然知道话里有话，嘴上却答，没事，婶儿。为了学习，我们什么困难都能克服……

随后，一脸打鸡血的样子。

小学

　　小学校坐落在沟里南山坡上，两栋并排歇山式瓦房，外加一个锅炉房，一个厕所。沟里，就是树基沟的里面，也叫上片，是我们这个矿山小镇的主要办公区。无论从哪个方向看，小学校的位置都是最高，那面悬挂在铁管上的五星红旗，远远望去如一只手掌，迎风挥舞。

　　太阳升起，白雾缭绕的校园从睡梦中醒来。

　　我家住在粮站下片，去往小学校有两条路：一为铁路，一为公路。通常早上上学，我们都走铁路，铁路近，二十多分钟后，跳下铁道，沿着南山坡苞米地边的黄泥小路就可到达。如果时间来得及，我们可以边走边玩儿，在铁道上捡石子儿，或钻苞米地里扒乌米吃。放学，学校要求走公路。

　　刘波、孙朋、王贵富、贾兆良，我们这些住在下片铁道边的孩子，都是一个班上的同学。

　　现在我已经记不清我们那届是分几个班了，三个？反正我们都是在（3）班。班主任×××。那时，周三、周六都是半天课，下午经常劳动，修建操场。其实，我们这些一、二年级的学生能修建什么呢？无非是从家里拿来铁锹、土篮子，在老师的指引下，两人一组，将操场上的石子儿捡到土篮子里，再抬到操场边上倒掉，或用锹用手铲除、拔掉杂草。那些高年级的学生则是三五成群，手推一个石磉子在操场上不停地碾压。一些男教师，包括穿着黄绿色军装的校长也身在其中，可谓"一派热火朝天的劳动场面"。

对了，那时的小学校是营级建制，校长也叫营长。

我们班学习委员王翠的爸爸就是校长，我们觉得她爸特牛，有两个名儿。

平整后的操场愈显宽阔。学校又从矿上请来几个工人，在操场一边安上了篮球架、单杠、双杠和秋千，也用砖头、水泥砌了乒乓球台案。房前屋后，种花植树。总之，"我们的校园无比美丽"。只是有一次，我们干完活儿，踏着夕阳回家的途中，走在我前面的孙朋忽然停下脚步，弯腰提鞋，紧跟其后的我未及反应，一头撞在他肩扛的铁锹上，前额立即冒出血来。

我看不到伤口有多大。

贾兆良说，如果孙朋或我再使点儿劲儿，估计就成包公黑脸上的月牙儿了。

除了劳动，最让我们这些男生高兴的还有课间操和体育课。后者不说也罢。前者一般在眼保健操结束，休息十分钟之后做。所谓眼保健操，在我们看来就是揉眼睛，班主任一般会趴在窗户或门缝窥视，监督谁偷懒，真揉还是假揉。

教室、办公室、锅炉房都是建在学校的一个高台上，台下是操场。和周一的升旗仪式一样，教导处主任兼体育老师李炳全总是站在台上，其他老师和我们这些学生来到操场，每班两排，男女分开。如何才能把排站得笔直，李炳全说，如果你看见前面同学的左耳朵了，就说明你偏左了，那么你就要向右边靠一点儿；如果你看见前面同学的右耳朵了，就说明你偏右了，那么你就要向左边靠一点儿——总之，总而言之你要一动不动、纹丝不动地望着前面同学的后脑勺儿……搞得我们觉得好复杂。

那时，应该做的是第五套广播体操吧，扩胸运动什么的。上课间操站排都是按照大小个儿，谁挨着谁都有固定位置。侯振刚说，如果想离喜欢的女生近点儿，就得在排队时多个心眼儿，暗自盘算，和谁悄悄换个位置。如果凑巧两人挨着，如果胆子大一些，伸出双臂时向女生那边倾斜一些，也许时不时地就能碰到对方的手指——一股暖流涌上全身，过电一样。当然，你要装作不自觉的样子。

班上有个叫杨素琴的女生，扎着两条小黄辫，衣着破旧，学习一般。因其住在镇外的养牛沟，路远，有时上学就难免迟到，特别是冬天，总是一边走进教室一边抹着鼻涕，弄得小脸儿画魂，不知哪个同学就给她起了外号"杨小鬼"。每当排队时，刘波总想避开她，但往往事与愿违，好几个学期都是他俩同排同桌。

刘波私下里感叹，点儿背啊！真是一点儿办法也没有。

孙朋安慰他，别看人家外表埋汰，但农村姑娘重情重义，珍惜缘分吧！

刘波白了他一眼，说，少来这套，去！

刘波是一个学习好的学生，虽然脑袋大点儿，恰说明其德智体美劳全面发展，无疑这有益于杨素琴提高成绩。为此，后者深感荣幸。这也正应了孙朋所言。每当打扫卫生时，杨素琴总是越过"三八线"把另一半的桌子也擦了，有时，还从家里带来沙果、香瓜，偷偷地放进刘波的书桌里。不过，好景不长。一次上课，当杨素琴刚打开文具盒拿铅笔时，突然"妈呀"一声跳了起来——敢情，一条长长的毛毛虫如同绿色的小火车一样，正在她的文具盒里爬行着。别说是杨素琴了，就算我们这些男生无意撞见，肯定也会大吃一惊。

终于，杨素琴伤心地哭了。她以为是同桌刘波作的祟，课前将毛毛虫放了进去。

班主任侦察一番后，肯定地说，刘波是一个树叶掉下来都怕砸脑袋的主儿，不会是他。是哪个降级泡子干的？站出来！

没有人站出来。

也许是毛毛虫自己爬进去的呢。同学们说。

最后，此事不了了之了。

降级泡子就是留级生、复读生。哪个班都有。但他们一般不欺负本班同学，在他们眼里欺负本班同学有什么能耐呢？尤其是女生。这点，让我钦佩。

我们班究竟有几个降级泡子，我记不清了，只记得有一个叫井洪友。我俩的关系不错。不过，我们并不经常在一起玩儿，他家住河套边，我家在粮站前，除了上学，其余时间很少碰面，而他也更愿意和上一届老同学在一起。和我经常玩儿的是住在粮站下片的刘波、孙朋、王贵富，住在中片，也就是供销社前百间房的侯振刚、刘刚、姜宝石，还有上片的王玉久，我们这些人中有调皮的，也有蔫儿巴的。后者如王玉久。对了，王玉久还有一个小名叫"小人儿"或"小仁儿"，现在也记不清是哪个了，又为什么起了这么个小名。是因为他长得比较矮吗？其实那时，也看不出谁就比谁高多少的，用刘波的话说，也有先长后长不是？王玉久家住在上片的公路旁，是我们放学和晚上去俱乐部看电影所要路过的。现在想来，我和王玉久是有过一段长时间交往的——我的相册中至今还保存着我俩和刘波的一张合影，黑白的，三个人傻傻地站在一个公园的布景前。如果关系一般，怎么会花钱一起拍照呢？

大概是一堂什么课，我和王玉久不愿意上，就溜到学校后山的松树林里玩儿。那真是一个好天气，阳光灿烂，清风吹拂，我俩斜躺在草地上，王玉久用油笔在他的左手腕上画了一块手表，然后考我表名。我说，我哪知道啊！王玉久把衣袖放下，又拉起，告诉我这叫"撸胳膊"，就是撸开胳膊上的衣袖露出梅花牌手表的意思。我也将我的衣袖拉起，露出光秃秃的手臂，说我这也是"撸胳没"——没有的没。王玉久说你那不算，人家梅花牌手表是名牌。对了，他手里还拿着一个钥匙串，上面拴着一把可以折叠的不锈钢小剪刀，是我从未见过的。他说，喜欢就送给你吧，作为我们友谊的见证。

后来，下课的铃声响了。再后来，上课的铃声也响了，我俩不得不下山跑回教室。这时，只见肖文俊盘腿坐在讲台的课桌上，正给同学们白话着什么——大概是他上山打柴捕蛇的旧事。班主任走了进来，肖文俊有些尴尬，不知所措，想要下来。

班主任说，别，别，这节课你来讲吧！

肖文俊说，我讲就我讲。于是，他继续盘腿坐在上面，继续白话。

最后，班主任说，你讲得挺好。

肖文俊毫不谦虚地回答，那是，那是。

同学们笑作一团。这真是一堂别开生面的有意义的自习课啊！

1976 年，粉碎"四人帮"之后，不知因为什么，一天上课前，班主任让我和经常一起玩儿的同学来到教室前面，立正站好，依次报数。报数完毕，班主任突然灵光一闪，说，你们正好是八个人呀，比"四人帮"还多一倍。好，以后就叫你们"八人帮"吧！随后她指着我的鼻子说，你，就是"八人帮"的头儿！说完见侯振刚捂嘴偷笑，又指向他，你就是军师！

同学们面面相觑，一脸蒙。

课后，井洪友对我说，真他妈冤枉！你们几个也不算淘（气）啊？

这事儿，直到现在我写这篇文字的时候，一直如鲠在喉。尽管我善意地隐去了班主任的名字。

就算我逃过课，似乎也打过架——和贾兆良，和我同桌的女生（因为她骂我），但我也的确很团结同学，包括当时站在教室黑板前的那七位同学，一起玩儿，也不排除课前课后，疯打乱闹，但这就是坏学生了吗？就是黑帮了吗？就算是，我们的八个人中，刘波在班级学习成绩一直名列前茅，借用班主任的名言，平时树叶掉下来……怎么忽然就成了害群之马呢？

班主任说，刘波是被我们利用并拉下水的！

好吧，您说得都对。

这场风波过后，刘波还是愿意和我们在一起，起码上学放学。而我也并不总是这么倒霉，三年级后，就开始帮学校少先队出墙报、给广播站写表扬稿了，当然，也知道喜欢班中那个穿黄色趟绒衣裳的女同学了。

树基沟小学坐落在沟里的南山坡上，居高临下，目力所及，依次是居民房、托儿所、镇政府、火车站、医院、田地、河套，过河套是北山。我的同学老铁家即住在学校下面的居民房里。老铁也愿意画画儿，而他的大哥又是我们的美术老师，所以有时放学我就随他去他家里，看他收藏的小人儿书，他画的画。我们除了课堂上用的图画本外，往往自己也装订一两个图画本放在家里，用于临摹小人儿书或其他什么书上的画。记忆中，我的画多是日月山川、梅兰竹菊。老铁则喜欢画一些英雄人物，如杨靖宇、杨子荣、保尔·柯察金、瓦西里，乃至马、恩、列、斯、毛。其实后者我也画过，只是不像，不敢轻易示人。

一次，老铁把他画的斯大林素描像给我看。

我说，大林叔叔怎么没有嘴呢？

老铁说，大林叔叔的嘴不是在胡子底下嘛！没有嘴，那是什么？

说完，我们一阵笑。好在大林叔叔远在莫斯科，听不见。

——像不像，不重要。坚持画就好。老铁的大哥铁老师在一旁教导我们。

后来，班主任对我有了一些青睐，仿佛黑夜迎来黎明。我参加学校的活动不断增多，尤其是写黑板报，不仅给班级写，也代表班级给学校写。有时是放学时间，有时是星期三或星期六，半天课，吃完午饭，又从家里返回学校。两张课桌、一只长条板凳立在墙下，登凳上桌，左手持三角板，右手捏白粉笔，点距、连线、画格——真是横平竖直啊！丢下三角板，拿起书本，白粉笔也换成彩粉笔，先写标题，再抄内文，再勾边描框，再根据版面需要加绘插图，整个流程下来，已是腿酸臂痛，鼻尖鬓角大汗淋漓。这时，忽然有一种莫名的感动从心底弥漫开来，用一句成语说，大概就是顾影自怜吧。

一次，受班主任之命，学习委员王翠站在地上，手里捧着一盒彩色粉笔，供我使唤。

写得真好啊！这回咱班又能评第一。王翠扬脸说。

此时，正午的阳光打在教室东山墙的水泥黑板上，泛着刺眼的光。低头下望，不仅王翠变成了一个小人儿、一朵葵花，就是整个校园也变得愈来愈远、愈来愈空，宛如秋收后的田野，寂静无声。

中学

当我敲这篇文字的时候，我似乎完全可以套用加西亚·马尔克斯的那句话：许多年之后，老程站在中学校园的操场上，准会想起八月的最后一天开学的那个遥远的下午。那个下午，他曾在日记中写道：

> 沉寂了一个夏天的树基沟中学，阳光炙热。空旷的操场上，几位老师手搭凉棚站在房檐底下，看着我们按大小个儿排了两个纵队，男女分开。李春秋从排头走到排尾，又从排尾走到排头，突然说，××你出来！叫你呢。
>
> ××指的是我。
>
> 我知道你小子调皮捣蛋。告诉你，到中学你给我放老实点儿。
>
> 说着，给了我一记直拳。

李春秋是初一（2）班的临时班主任。他教地理。我们排完座位、发书、打扫教室，第二天9月1日，正式开学。

学校把西头的一间空教室里，正在举办师生书画展，好像都是高我们几届的学生和老师的作品，比如我的同学刘波二姐刘萍班的孟广川、曲家成、杨柏栋、于凤英的钢笔字，程少良老师的水彩、水粉、素描，陈久思老师仿齐白石的国画《对虾》，侯允良老师的柳体楷书，印象都很深刻。尤其是一位署名孟德义的老师的行草，落拓不羁，超凡脱俗，颇有鹤立鸡群的意思——这话，好像没有贬义。

我在心中记下了他们的名字，期待有一天能够结识。

程少良，全校唯一的一位美术教师，据说毕业于某师范学校或工农兵大学。因为同姓，因为我也喜欢画画儿，这位瘦高、不苟言笑、戴着一副深度近视镜、年龄和我大哥相仿的男子也让我管他叫大哥，并答应我晚上可以去他家学画。素描、水彩、水粉，他都教过我，甚至我们一起用精钢砂沾水将四块3毫米厚的明玻璃打磨成半明半暗状，以毛笔反画春夏秋冬四季图，待颜料晾干，安放在谁家的炕柜门上。

程老师说，打磨后的玻璃犹如春日早上的云雾，有一种朦胧之美。如果用来画鱼虾、水草、礁石，则更像海底世界。

绘画、写字、作文，是为吾生三爱。尽管所画平平，仍像模像样地用毛笔题上诗文。书上说，凡古今大家皆熔诗、书、画、印于一炉，于是又想到了篆刻。学校有一位老师，既教语文又教书法，我就请教于他何谓篆刻。他说就是刻戳儿。于是，我就刻起戳儿来，木头的、塑料的、萝卜土豆的，大大小小、花花绿绿，装了半抽屉，画画儿时，也毫无章法地盖了上去。一次，我的两幅毛笔字被选送市少年宫参加全市中小学生书法展览，得到通知后，我就与那位语文兼书法老师去领奖。奖品是一盒书签、一对镇纸。书签上印的是书法和国画，我想这是供我学习的吧，那么镇纸是做什么用的呢？我抬头问老师。他说可能与电视有关，你留着吧，以后能用上。可惜，那时我家还没有电视机，后来才知道即使有，上面的"振子"和"镇纸"也完全是两个概念。

现在想来，那是一对大理石镇纸（也叫镇尺），上刻：

书山有路勤为径

学海无涯苦作舟

初一开学不久，数学老师鞠淑芝取代李春秋，成为我们的正式班主任。尽管我不喜欢数学，开始偏科，但我仍然认为她是我的恩师，直到现在。

经过几次考试，鞠老师找我谈话，大意是，你语文好，历史、地理、政治也不会差，如果再把数学学好，到初二时，物理、化学自然迎刃而解。数学，尤其代数，其实就是一层窗户纸，捅开即可。见我唯唯，鞠老师又说，你善于团结同学，有号召力，一定会成为一个优秀的学生。如果学习成绩上去了，就让你当班长。

我脸红起来，这怎么可能。

鞠老师最后下命令，让我每个周末都去她家补课，我也的确硬着头皮去了多次，怎奈，成绩仍是难以提高——不是那块料，一点儿办法也没有。

春天，五一过后，一年一度的全校运动会如期举行。如果站在镇上的小火车道上，或是学校后山，俯瞰校园，那真是一个热火朝天的场面。

那时没有无人机，不知道什么叫航拍，全凭登高游目。

班主任鞠淑芝给我报的是 100 米速算。班会上，她说，别看程远个儿不高，可步大哩，跑起来飕飕的，一定能拿名次。其实何止是名次？

我跑了第一！在同学们一片热烈的掌声中，我喘着粗气回到座位上边吃冰棍儿边想着即将到手的奖品——文具盒，日记本，还是钢笔？结果，我把数给算错了。

其实，我更擅长的是田赛项目，比如沙地跳远等。

一次体育课考核达标，很多男生选择跳山羊、跳木马，贾兆良对我一脸坏笑地说，那个可别弄，容易硌着（睾丸）。于是我俩选择双杠臂屈伸。体育老师孙贵友让贾兆良先做，谁知这小子双手搭在双杠上居然两腿前后上下悠了起来，气得孙老师赶紧叫停：谁让你悠了？你那是支撑摆动，下来重做。可是，贾兆良没劲儿啦。

我做了 20 个双杠臂屈伸仍有不止之势。

孙老师伸出大拇指：算你狠。

孙贵友家住在粮站下片，和我、贾兆良、刘波是邻居，和我二哥是同学，且都是知青，只不过他回城早，有机会就去了学校当体育老师。除了上课，我们一般都叫他三哥（他在家排行老三），也经常去他家玩儿。那时，他和镇上商店卖文具的营业员金姐刚结婚，之后又生了女儿亮亮，我们都很喜欢。有那么一阵子，刘波爱上滑冰，三哥就把学校的一副冰刀送给了他，惹得刘波父母很不高兴，怕刘波贪玩，耽误学习。后来三哥就把冰刀收了回去。再想滑，就不那么容易了。

若干年后，我上矿参加工作，所写文章陆续在矿报、市报上发表，金姐每见必夸。当然，这是后话了。

副校长赵明金永远穿一件黄绿色旧上衣，也就是军装，骑着一辆28 型除了铃不响其他都响的自行车上下班。对，他家住在镇外的农村。

刚到中学那会儿，学校经常举办什么忆苦思甜报告会，请镇上老工人到学校、进课堂，赵校长作为领导每场必陪，有时也会亲自宣讲。他说，1937年，清选厂至枸乃甸子架空索道供电线路由朝鲜商工会社承修建成。是年，日本人和野私人投资对树基沟矿床开坑采矿，以手采为主，定名"树基沟矿业所"，又称"和野矿山"。其间，因日本监工佐木经常殴打工人引起罢工。后经谈判，方才复工——这是我们矿山小镇的一段血泪史。

赵校长说，和野压榨矿工，不给饱饭，而他本人却胖得像个狗似的。

同学们纠正他，狗也不胖啊！应该是猪吧？

赵校长说，就是狗！因为狗坏，咬人，符合日本鬼子的特性。猪是劳动人民的亲密伙伴。

20世纪80年代是一个文学的时代，那时，我们几乎每个人都有一个自制的笔记本，用来抄写名言警句（我还有两个剪报本，一个粘贴书法、篆刻，一个粘贴图画），钢笔水除了普通的蓝色外，还有少见的黑色和绿色，字体也是一窝蜂的庞中华体，我觉其软弱无力，而暗练王正良或任平的行楷，并将传颂一时的李玲修的长篇散文《啊！友情》抄写在笔记本上，在一次学校举办的五四歌咏大赛中，老师让出节目，我就读了这篇。记得那是一个下午，学校操场上不仅排列着各班师生，还有附近居民涌来观看，说是人山人海也不为过。

我登上水泥主席台，表演所谓的朗诵：

你是严冬里的炭火，你是酷暑里的浓荫，你是湍流中的踏脚石，你是雾海中的航标灯，你是看不见的空气，你是捉不到的阳光。

啊，友情，你在哪里？

......

后来，有那么一段时间，喜欢语文的同学纷纷向我要这篇文章，没事的时候就友情啊友情的，有时还故意把踏脚石说成绊脚石，且乐此不疲。

记得我在一篇文章中写过：

那时，我和三哥几乎将平时积攒的零花钱都用来订阅报刊了。《美术》《书法》《诗刊》《美育》《文摘报》等等，是整个镇上私人订阅报刊最多的读者，也是邮购书籍最多的两位。此外，三哥还经常向外投稿，虽然发表的不多，但也偶尔收到一两张汇款单，上有某报某刊某诗某文的稿费字样，这不仅使三哥兴高采烈，也让邮局的同志直竖大拇指，说我们有出息，报刊没白订，钱没白花。

的确如此。

受到三哥的影响，我也偷着练笔。那时好像很流行一种叫作"汉俳"的文体（日本俳句演绎过来的），赵朴初、袁鹰、林林等老一辈文化人常操此道，我便模仿一二，其中《校园掠影（二首）》曾发表在1983年6月14日的《红透山矿报》的《山花》副刊上，现在还留有剪报：

朝霞映春晓，
白杨树下读书早，
朗朗若啼鸟。

——《晨》

白杨抚东风，

春乡花月夜无声，

校园灯光明。

——《夜》

这是我写作的文字第一次变成铅字印在报纸上，不知算不算处女作。

政治严肃，政治老师王志久却以幽默见长。

一天下午，王志久在讲台上提问题。他说这个问题很难，一般同学肯定回答不上来，为免尴尬，还是请咱班学习最好的同学来回答吧。说完，手拿粉笔头放眼教室。同学们面面相觑，唯有几个自视甚高的同学昂首挺胸、信心满怀。和我一样学习成绩不佳的王有金，万万没有想到这个问题居然能落到他的头上，仍是一脸呆相，眯眼犯困。但，他还是听到了自己的名字。懵懵懂懂，王有金在同学们的嘘声中站了起来，一边手擦口水一边顺嘴胡诌。王志久说，差不多、差不多，再想想、再想想。

可怜王有金云里雾里哪里知道老师的伎俩，忽然，一个粉笔头打在他冒着虚汗的脑门儿上——不对！都不对！坐下！王志久说。

虽然是矿山子弟学校，每个班亦有几个农村生，他们大多住在小镇周边，比如学校后山后的尖山子、西大林，树基沟沟外的大洋号、土窝棚、石头人、三道关，沟里的放马沟、养牛沟等等。这些同学，每天上学放学都很辛苦，远者，得走一个多小时甚至更长的路程，尤其是在冬天。所以，当他们赶到学校时，早自习往往都已经在上了。

刘波说，太美了，简直。

115

什么太美了？我问。

刘波说，我们班田艳推开教室门，刚一走进来的那一刻，她的眼睫毛齐刷刷地挂着一层白霜。迷死个人，简直。

想起来了，田艳是土窝棚村的一个女孩，高挑儿、秀丽，冬天里常围着一条红围巾。彼时，她和刘波都在（1）班，后来初三我们合班时，她就不念了。再后来，听说她死了，癌症，晚期。无疑，这是一个让人想起就忧伤的事情。

班上有一个同学叫张奎，也许是因为个儿高而壮，或其姐夫是学校老师的缘故，有一段时间被任命为军体委员。此人学习一般，其他似乎也乏善可陈，但颇愿意显摆。一次，下午自习课，他代姐夫在学校领来了一摞工资，隔一会儿，就拿出来在书桌上拍打几下，口中念念有词：晚上买电影票去，有愿意和我一起看电影的没？我请。边说边用一双金鱼眼瞄着邻桌的一位漂亮女同学。搞得大家莫名其妙。

那位女同学始终不抬头，伏在桌上沙沙地写着什么。

那天晚上，矿上的俱乐部的确放映了电影，但我不知道那位女同学是否和张奎去看了。那是我从小学五年级时就开始暗恋的女同学。那年，初二下半年就没见她再来上学。据说，她转到另一个矿山学校去读书了。

夏天。下午。教室外雨声淅沥。站在校园北墙边的几棵白杨树哗哗作响，那油亮的叶子，如半空上的绿云。这是一堂自习课，同学们埋头看书、写字，唯独我无所事事，凝望窗外。由于厌烦理科，我不知道我今后的路该如何走。我想，文章正式发表，或是书画作品在省市展览，哪个在先，将来就以哪个安身立命吧。

但这，显然不是投掷硬币那样简单。

这个下午，成为我整个中学时代最为隐秘的记忆。没有之一。

初二那年暑假，我和刘波被选为班级代表，参加市教育局举办的夏令营活动，去抚顺大伙房水库游览。刘波肯定是因为学习成绩优异，被选。我呢，估计是作为特长生吧，有幸忝列其中。

这是我（估计刘波也是）第一次去大伙房水库风景区游玩，我们不仅划了船，参观了铁背山、元帅林，也在库区安营扎寨住了一晚。此外，我们在市内文化宫或是某个公园的场所里，看了一回全市师生书画展，我的一幅什么作品入选，挂在一个不起眼儿的地方。这不重要。重要的是那天，我记住了一位参展教师的名字：张洪来，笔名泉石，单位是抚顺新屯四校。他不仅有国画作品参展，更有正、草、隶、篆多幅书法作品参展，让我眼前一亮——敢情，全才！

回家后，也不知过了多长时间，我斗胆给张洪来老师写了封求教信，待他回信时，他已经调到了十中。从此我们建立了联系，一直持续到 1985 年。

五四青年节，春游。老师说这回咱们去一个远点儿的地方：莫日红山。

莫日红山是长白山余脉龙岗山一带较高的山，海拔一千余米，是本县境内最高的山。每当夕阳西下，山顶仍返照红光，故得名"没日红"，亦写成"莫日红"。

我对莫日红最初的印象，不是它的山高水长，云遮雾绕，也不是它的皑皑白雪，晚阳夕照，而是电影——驻扎在莫日红山上的解放军开着绿色军车来我们镇上放映电影。军民一家，鱼水情深。那时小镇上的广播喇叭，隔段时间就会播送放映电影的消息，我们知道，莫日红山上的解放军又来放映电影了！而第一次上莫日红山顶，则是中学以后，学校老师和山上的部队要打一场篮球赛，要我们跟着去当观众。谁输谁赢，已经忘记，但第一次见识了部队的营房、哨所和防空洞，甚至小型飞机场。这些军事设施，建于 20 世纪 50 年代，后来，随着中苏关系的缓和，终至废弃。

莫日红山顶有一座高耸的悬崖，我们将团旗、校旗插在上面，把事先准备好写有奖品的纸条，藏在树丫上、石头下和草丛里，谓之藏宝。然后围立在悬崖边，举行新团员入团仪式，入团仪式完毕，开始寻宝，顺便也采些山野菜。午餐时，大家聚在一起，拿出各自的饭盒。孙贵友老师引用王安石的话说，"夫夷以近，则游者众；险以远，则至者少……"我们觉得，孙老师应该去教语文课啊！

初三那年，学校开始重新分班，也就是所谓的快、慢班。刘波、谷守红等学习成绩好的同学自然被分到了快班，我等则留在原班不动。

物理老师曲家庭担任快班班主任，属于众望所归。

曲老师说，有两个学生按照分班考试成绩没有来快班有些可惜，一是贾兆良，一是程远。前者耽于家中活计太多，用在学习的时间和精力不够，导致成绩不佳，但很聪明。程远偏科，即使将来走艺术之路，考美院什么的也需要文化课，他俩如果留在慢班，有可能就一路滑下去了！曲老师向学校申请，破格将贾兆良和我要到快班。但，由于我的确学不进去数理化，曲老师最后允许我可以不上他的物理课，所以，每逢物理课，我或者在校外游荡，或者在课堂低头看小说，琼瑶、金庸什么的，当然，我不会打扰其他同学。我认为，曲老师是一位难得的开明的老师，让我感念至今。

还是初三那年，我忽然想去当兵。

母亲抓了两只老母鸡，和我倒了三趟火车，去我们的归属地红透山镇找她的同宗弟弟——我叫大舅的武装部部长。母亲跟大舅说，你把小四儿的年龄改大一岁，安排他去当兵吧！他喜欢写写画画，说不定到部队培养培养还能有出息，不然，也不一定能考上技校。大舅说，行，我也喜欢小四儿，不能让他初中毕业就在家待着。

转眼秋季征兵开始，大舅捎信让我去镇上。我说，我在我们这儿也能报名，这样还不耽误学校上课。大舅说，还上什么课呀，赶快来。于是父亲出面，和班主任曲家庭给我请了假，并买了两条烟让我带给大舅。当晚，大舅说，你不用走常规程序，我已经和领兵的政委说好了，作为特长兵招，到时候直接跟他们走。

说不定到部队还会保送你上军校呢！大舅补充道。

可我在镇上待了一个多星期，等来的消息却是，今年算了，来年吧！大舅呷了一口茶，告诉我。我只好又灰溜溜地回到学校。

1982 年，我们这届学生即将初中毕业。据学校有识之士分析（当然包括班主任曲家庭），今年的中考竞争十分激烈，形势严峻，县重点高中、市小中专、有色技校录取分数都高，应试学生也多。基于这种情况，校方决定，如果愿意，我们这届可以集体复读一年，学校照发82届毕业证书。曲老师说，我们不妨玩一个迂回战术，今年避过浪头，来年重拳出击。实践证明，这一抉择是正确的。一年后，刘波、吴长辉考取了县重点高中（也是省重点），为他们最后步入大学铺平了道路。我和贾兆良等则以多几分用不着少几分还不行的成绩进入普通高中或中专技校，只有一小撮点儿背的同学加入待业青年的行列。

终于，上帝的归上帝，恺撒的归恺撒。各就各位，阿弥陀佛。

复读这年，学校自然调集了各科优秀教师，如数学老师史长友、物理老师曲家庭、化学老师佟福春、语文老师姜怀礼。学生学得好不好是一回事，但，学校算是尽力了。

我在小学三年级时就给班级写黑板报，到了中学亦是。如此，就和语文老师接触的多些，也得到后者的青睐——侯允良、孟德义、姜怀礼老师对我都很好，经常让我出语文墙报，应该说，这无形之中是对自己的锻炼和认可，在同学中也树立了一定的威信。三位老师的板书写得都很好，如果归纳的话，是侯老师的板正，孟老师的洒脱，姜老师的隽永。记得姜怀礼老师讲课还有个特点，就是愿意手插袖口，双臂伏在讲桌上面，一只脚不时地后抬，上钩黑板下沿儿，左脚勾完换右脚。我们坐在下面，心想，他咋不嫌累呢。

复读班虽然学习紧张，但也有闲得很的同学，比如下课时，明明知道某位老师正在急匆匆地赶赴厕所，却硬是上前假装请教问题，一脸勤奋好学状，弄得对方很是难受，直到上课的铃声响起，才得脱身。

早自习和晚自习，班主任曲家庭总是和学生们一起到校，四季皆然。这也是他作为一名优秀教师的标志之一。有时，他甚至比学生来得还早——用喜欢掬词儿的体育老师孙贵友的话说是，东方刚刚现出鱼肚白。待我们到校，曲老师已经在操场上跑圈儿了，我们只好如老鼠一般迅速潜入教室。晚自习，如果曲老师没在教室，我们亦不敢掉以轻心，说不定什么时候，一束五节电池加长的手电光就会出现在校园的夜空，我们知道，老曲来了。对，在复习班时，我们私下里都偷着叫曲老师为老曲，也不知道他知道不？

一次，俱乐部放映电影《舞恋》，姜宝石见老曲还没有来，就怀着侥幸的心理带几个同学去看了。第二天早自习，老曲黑着脸走进来，突然说，姜宝石，出来！昨晚干什么去了？

姜宝石说，拉肚子，难受，在家……

曲老师说，"练武"好看不？

姜宝石知道瞒不过去了，诺诺道，曲老师，是《舞恋》……

若干年后，当我们和曲老师坐在一块儿喝酒的时候——是的，这时，我们已经可以和曲老师平起平坐推杯换盏了，说起这些，我们觉得老曲一点儿都不浪漫，《舞恋》可比"练武"好看多了。

呜呼！我们的中学时代。

小满子

　　小满子，本名顾照江。显然，小满子是小名。为什么叫这个名？我问过他，是二十四节气小满那天生的吗？他说，不是，他是他父母的第四个孩子，三男一女，父亲挺满意，想收工，就取了这个小名。

　　小满子命苦。镇上的人都这么说。

　　1964 年，小满子生于矿山小镇树基沟，父亲是井下工人，母亲无业。那时，他家住在镇中心一带，也就是商店下边大道南面的那片居民区，与我二哥家是一趟房，与我同学霍绍文家紧邻。小满子高我两届，因为我们不在一个居民区，所以也不在一起玩儿。他的二哥和我三哥是同班同学，来过我家几次，我见过，可现在却一点儿印象也没有了，倒是他的姐姐还能模糊想起：个子不高，有点儿胖，长得一般……但这些，有什么关系呢？我要说的是，有关小满子及其家庭情况的变故几乎是一夜之间的事——先是大哥死了，再是二哥死了，然后母亲死了，且都死因不明。有人说，小满子的母亲得了一种怪病，乳汁有毒，哥哥是吃母亲的奶死的。那为什么姐姐和他没死呢？因为姐姐是女孩，而他是老小，老天爷要他留下来给父亲送终。果然，小满子二十四岁时，一天傍晚，他父亲在镇上的小馆门前和人聊天，突发脑溢血，倒地身亡。

　　小满子给他的父亲送了终。

五年后，也给姐姐送了终。

后来小满子对我说，现在知道，母亲患的是乳腺癌，哥哥和姐姐的死应该与母亲无关，因为这种病并不传染。他还说，父亲生前曾请人算过一卦，说命中只有一子，两个哥哥的死，让父亲变得十分迷信。

与小满子结识、熟悉并建立友谊，是在 1989 年前后，那时，我已离开树基沟到一个更大的矿山参加工作，舞文弄墨，读书喝酒，与矿山各界名流厮混。小满子也早已顶替他父亲的班，从井下搬运工、地表司炉工、矿报通讯员，一路奋进到树基沟小学当美术教师，干起太阳底下最操心的事业。我即便在外地上班，每周六的晚上也要乘车回老家看望父母，星期天帮助家里做些活计，周一早上再回矿里。周日，当我把活儿做完没事的时候，就会去上片找霍绍文玩儿。日子久了，通过霍绍文也就认识了小满子，并也常去他家，看画、看书、聊天。小满子不仅喜欢绘画，还热爱文学，1982 年即参加《鸭绿江》文学月刊社主办的文学创作函授学习班，诗歌曾受到省作协领导刘秋群的点评，发表在内刊《文学之友》上，这在当时已很不易，如果不是碍于他家接二连三的死亡阴影，我相信会有姑娘爱上他的。当然，这也是迟早的事。

此外，小满子还擅长下象棋，也开始学习弹吉他。曾有一段时间，小满子的吉他让霍绍文的三哥（绰号三老头子）借去了，迟迟未还，小满子几次开口想要又不敢，于是修书一封，托霍绍文带去。信曰：

三老叟：

　　因琴与父吵也，父怒之，子无奈耳！乞早日归还，以解父子关系断裂之危。切切。

　　　　　　　　　　　　　　　　　　　　愚弟照江上

　　　　　　　　　　　　　　　　　　　　×年×月×日

123

霍绍文说，净整那些没用的！

我说，一个下象棋的不会弹吉他一定不是一个好美术老师！

小满子笑笑，憨憨的。

因了我在矿里工作的关系，确切地说是我与矿党委宣传部、矿团委和矿工会主事者的熟络，以及一点儿虚名，小满子就经常把他的诗稿、文章和美术作品拿给我看，说是请教，实则想让我推荐给上述单位，发表或展览。我当然也尽力而为。不仅如此，有时小满子到矿里办事，我也顺便介绍他和矿上的同道相识，如矿党委宣传部的祁亚轩、石晋忠，矿团委的李刚、杨绍义，矿工会美术组的姜宏连、程玉卓。如果有空，就一起吃个饭。小满子不喝酒，静静地坐在一边翻看大家送给他的书、杂志和报纸，直到饭局要散了，他才猛然想起该表示一下感谢和诚意，欢迎各位老师去树基沟玩儿，他虽然不喝酒，但可以给大家抓河鱼、炖土鸡，云云。

大家感动。

记忆中，这帮小子好像还未曾来树基沟麻烦过小满子。我除外。我几乎每个周末都要回老家，与霍绍文、谷守红和谷守峰哥儿俩、小满子一起吃喝的机会总是有的。去镇上唯一的那个小馆，或买些熟食干脆就在小满子家造了，不论多晚，都没人管。有时，喝得兴起，也会给小满子写几幅字，挂在他的白灰墙上。有段时间，小满子大兴土木，将自己家的院落砌了花墙，南窗放大，北窗堵死，一铺火炕刨剩半截儿，炕门凿成圆月形，用霍绍文的话说是，上小满子家如同逛公园！小满子在月亮门上安了个加宽的布帘木盒，让我在上面题字，词儿他也想好了：乐雅众和。

之后再去小满子家，一眼就能看到这几个字已被他刻成阴文并涂了绿色，真如公园里的一景了。

　　大约九几年吧，小满子结婚，我和石晋忠前去参加婚礼。晋忠带了矿党委宣传部的摄像机忙前忙后，给一对新人省了不少银子。我是不是给写了婚联，现在已记不清了。后来，随着矿产资源的枯竭，树基沟也已由镇变村，由兴变衰。小满子也转到北三家乡中心小学，继续教美术，也有了女儿，也在县城买了楼房，每天早晚通勤。现在想来，我和小满子已经很久没见面了，最近的一次应该是两三年前，我与作家解良、祝全华去县城参加朋友孩子的婚礼，前一天到的，晚上喝高了，就打电话让小满子找个烧烤小店，准备继续喝。几年不见，小满子还是一脸憨笑，热情地给我们开啤酒、上肉串。问他还写诗吗？他回答，写，且上了市报、省报，有的还获了奖。

　　举杯祝贺他，他说，你忘啦，我是滴酒不沾的。你也少喝点儿吧，这几年不见你发表新东西呢，净听朋友说你喝酒来着。弄得我满脸羞愧。

侯振刚

　　我们习惯叫他侯刚，简单、省事。但我父亲却喜欢叫他的全名，还总叫错：

　　侯金刚最近怎么不来玩儿了呢？

　　我说，我们班没有侯金刚，只有侯振刚。你总给人家改名字。

　　侯刚是我小学同班同学，初中也在一起待过几次。为什么是几次？因为总分班，快班慢班甲班乙班什么的，正应了那句"合久必分，分久必合"的老话。初中毕业那年，我响应学校号召，加入复读大军，侯刚则参加了矿山井下凿岩工的招工考试，录取后，成为一个让人羡慕的领工资的人。后来，侯刚回学校玩儿，对我们这些降级泡子说，凿岩工也不是谁都能考上的，没有点儿真才实学也不行。

　　侯刚说得对。那时矿上招工，竞争激烈，就算井下凿岩工不是什么好工种，怎奈待业青年多，有的想先上班，占个窝儿，回头再找关系调到井上来也不迟。侯刚是应届生，对付这种考试绰绰有余，但他的父亲不是很赞成，曾不止一次地当着我们的面对他说，你或者攻数学，或者攻语文，或者攻音乐，或者攻美术……总之，你得有一样应人的本事，将来才能安身立命。不然，有你后悔的一天！侯刚不为所动。他认为复读的结果也是考个技校上个班，殊途同归，不如早挣几年钱，至于什么音乐、美术，那是天才考虑的事，与己无关。现在看来，侯刚比我们有先见之明，或说成熟。

上小学时，侯刚并不怎样调皮，属于心眼儿多、蔫儿巴淘那种。在我们要好的八个同学中，他的地位甚至不如我。那时刚打倒"四人帮"，班主任老师灵光一闪，顺势给我们这个团队也起了个颇为大气的名字：八人帮。

班主任把我们叫到教室前面，按大小个儿排开，然后指着我的鼻子说，你就是"八人帮"的头儿！站在末尾的侯刚忍不住笑。

班主任的手指又转向侯刚的鼻子说，笑什么？看你那猴精八怪的样儿，你就是军师！

军师和头儿自然是穿一条裤子且沆瀣一气。不过这种关系也没有持续多久，小学一毕业，就时聚时散了，但因为曾经的关系，每每相见还是甚欢。那时，我经常去上片的百间房（居民区）找谷守红、霍绍文玩儿，后者与侯刚家住一趟房，且门挨门，如果霍绍文不在家，就一定在侯刚家，如果不在侯刚家，他俩就一定在隔壁的王国凡家。王是鳏夫，跛脚，喜欢看闲书和下象棋，所以他家很招人，尤其是半大孩子。大家不仅可以在他家玩儿到很晚，有时睡下就不走了。

那时，我正在练习画画儿，书包里装有速写本。一天放学，侯刚对我说，学美术得画裸体呀！你没画过吧？我说没。侯刚说，晚上来王国凡家吧，我给你当模特儿。我说，那现在就去吧。

于是，侯刚把王国凡撵走，说我们借你家用一下。

于是，一个并不健壮、甚至有些消瘦的身体在我眼前出现，且做出一手搭肩一手下垂的大卫状。

现在，已经记不清我画了几张，画得像还是不像？只记得侯刚说，以后想画人体就找他，不过女人体他管不了，女人体得自己有对象了才能画。

……

正如侯刚所说，我们这届除了两名同学考上县重点高中外，大部分人上了技校，毕业后到矿上工作，而我恰好被分配到侯刚所在的单位——红坑口提升区。这时，侯刚在坑口虽说不上呼风唤雨，却也交了不少朋友，进一步证明着他的为人与处世能力，让我们这些后来者很是佩服。

1988年春天，我从坑口调到学校当老师，之后又调到矿工会、矿劳动服务公司，侯刚仍然在坑口井下上班，其间他从上面的职工宿舍搬到下面的灯光球场宿舍，与我住楼对楼，我们的往来又开始频繁起来。有时，侯刚下班会径直来到我这里，手中拿着两个饭盒，笑着说，今天保健（工作餐）发拼盘了！咱改善一下。随后，又像变戏法一般从兜儿里掏出一瓶白酒。不仅这样，逢周末，我们都不回老家的话，侯刚就会买一些肉、蔬菜，仍然拎到我的宿舍（我住南楼一楼，他住北楼二楼，相对来说我这里方便），我们一起做着吃，有时还会叫上其他乡友，大海、民子、谷守红、孙朋，包括常来我们宿舍玩儿的住在101沟的老铁、老邱等等，大家吃饱喝足，就开始玩儿扑克、弹吉他，下围棋、象棋，有时也看书，文学书。

那时，我和侯刚都在尝试写作。那是20世纪80年代末，文学余热尚存，人们对所谓的文学青年还怀有敬意，乃至成为恋爱的一个有利条件，即使相貌一般、身材瘦小如侯刚我等，也不一定找不到理想的伴侣。何况我们品行端正、为人和善。在此基础上，侯刚更是比常人多一份韧劲，当他在追求一个漂亮的女孩时，有人觉得希望不大，我却坚信一定成功。虽然我喜欢的女孩并未得手。

天遂人愿，侯刚娶到了他钟情的女子。为此，朋友们都替他高兴。

128

1992年春天，作为一个不成器的所谓文学青年，我也终于步侯刚后尘，迈入婚姻殿堂。在即将举办婚礼的前一天晚上，我的外地同学和朋友已来到矿上，我委托霍绍文帮我接待。事后，霍绍文说，当时他和从抚顺赶来的老铁（那时，老铁家已经搬到抚顺市内）正站在我家附近的一个饭店门前，看到侯刚满脸酒气地从矿医院骑着摩托车驶来，霍绍文招呼他停下，说，正想找你陪老铁喝酒呢！看样子你已经喝过了。侯刚说，没事儿，等我骑摩托车兜一圈回来，就和你们喝。你俩先整！说完，一踩油门绝尘而去——结果，未出矿区，侯刚就一头栽倒在了公路上。

　　侯刚有一篇尚未完成的小说，至今放在我的抽屉里，想来应该是当初彼此交流的作品——放心吧，侯刚，我会永远替你保存。

邵守红

在树基沟学校，三哥有两个密友：一个是邵守红，一个是付希全。他们也都是我的朋友。

先说邵守红。

三哥管邵守红叫小红，我大多数的时候也跟着这样叫，而很少叫邵哥。之所以这样，是因为我们在一起厮磨久了就有些平起平坐的意思，虽失敬，小红哥从未怪罪过。其实，他也很少称呼我的名字，而是和三哥一样叫我四子。

四子，你三哥在家没?

四子，走啊! 带你去河套抓鱼。

小红总是这样说。

小红和我家都住在一个居民区，也就是人们俗称的粮站下片。我家在铁道边，他家在大道旁，面对中学、井沿儿和商店小王家的小卖店，中间只隔了四栋房和一条巷子，如此相近的距离，自然增加了我们的密切往来。比如我去井沿儿挑水，或是去小王家的小卖店买东西，时间不急，我可能就会拐进小红家玩儿一会儿。小红若是上铁道南面的前山打柴、捡蘑菇或者采野菜，也往往会喊我们一嗓子。当然，这要在周三周六的下午（半天课）。周日，我们一般不去前山，而是沿着铁道一直往下走，直到土窝棚村，右转，爬上西山。

西山，是远近闻名的盛产山野菜、野蘑菇、野果、木耳的地方，自然也是野兽出没、奇花异草妖娆之所，囫囵囵的一座大山，隐蔽着取之不尽、用之不竭的宝藏。但这里，通常不是一个人敢去的，往往要三五成群结伴而行。记忆中，小红和三哥是打过毒蛇的，也捉过刺猬，我则避之唯恐不及。当然，更多的时候是他俩手拿木棍，将蛇挑起，甩向密林深处。小红是跑山的一把好手，他总能在我和三哥不经意间发现成片的野菜或野蘑菇，但他从不吃独食，而是招呼我们过去和他一起采摘，不像有些人逮到大份儿闷不作声，生怕别人抢了去。有时我们碍于面子，不好意思分享小红的成果，暗下决心获得更大的收获，赶上他，但常常事与愿违。

最终，小红还是分给了我们一些，让我们的筐同他的筐一样充实。

小红也会告诉我们，什么样的地方容易长蘑菇，什么样的地方山野菜苗壮，可惜，我和三哥不懂这些，终是达不到理想的效果。当然这并不重要。与其说我和三哥、小红愿意一起搭伴上山摘果采菜，不如说是他俩又多了一次在一起交流的机会。那时，小红和三哥都喜欢文学，用现在的话说是他们有共同语言。我则练习绘画，即使爬山越岭这些费力气的活计，我也要在兜儿里揣个速写本，装模作样地画山画水。无疑，这是 20 世纪 80 年代，人们还沉浸在文艺复兴的热潮中，一切美好的事物仿佛刚刚开始。

小红的歌儿也唱得好，野山幽林自然成了他的舞台，什么朱逢博、郁钧剑、郭颂、王洁实、谢莉斯及至侯德健、罗大佑，他都能模仿得惟妙惟肖：

采蘑菇的小姑娘

背着一个大竹筐

清早光着小脚丫

走遍树林和山岗

她采的蘑菇最多

多得像那星星数不清

她采的蘑菇最大

大得像那小伞装满筐

……

　　小红不仅上山时唱，有时下河、放学，或是傍晚来到铁道上玩儿时也唱，惹得附近的居民都愿意听他唱歌，包括我爸、我妈。小红经常来我家玩儿，有时赶上吃饭也一起吃，赶上过节包饺子，他也是一边忙活一边唱歌，什么《送货郎》《乡间小路》《冬季到台北来看雨》都是我们喜欢听的。我的发小儿加邻居加同学刘波，也愿意唱歌，他俩就此起彼伏地对起歌来，要多好听有多好听。

　　小红的爸爸过世早，我一点儿印象也没有。小红的妈妈我却记忆深刻，我叫她邵姨。小红有两个哥哥、一个弟弟、一个姐姐，邵姨把他们一一拉扯成人，一定也是付出不少的心血，可每次我和三哥去他们家玩儿，邵姨的脸上总是洋溢着微笑。那时，小红家住套间，我一定也是借过宿的，并曾借过小红二哥的一个白色硬塑料帽子（就是毛泽东去重庆谈判时，刚走出机舱时戴的那种，时谓"华侨帽"），和刘波在铁道南的一棵梨树下合了个影。

　　小红也经常在我家留宿。我家虽然是一间房，但爸爸在矿上打更，妈妈有时带着弟弟去县城的表姐家，小红就几乎长在了我家，和三哥一起上学放学——如前所述，他们又多了文学交流的机会，甚至我也参与其中。比如我们每人都有一个专用笔记本，抄写名言警句。钢笔水除了普通的蓝色外，还有少见的黑色和绿色，字体也以仿宋为能，而不是大家一窝蜂的庞中华体。我们似乎看不上后者的软弱无力，起码也得是王正良或任平呀！

记得当时盛传散文作家李玲修的《啊！友情》，这篇文章让我们惊叹不已，乃至全文都能背诵下来：

> 啊，友情！人们怎能没有你？！愿你像和煦的阳光常照我们的胸怀，愿你像清新的空气，时时输向我们的心房，使每个人的躯体和精神，都是健康的、美好的、愉悦的、坦荡的、文明的、一往无前的……

现在想来，这也许是每个文学爱好者的共同经历。

但那一晚，我却发现了三哥的一个秘密。半夜里，当我被尿憋醒时，听到他和小红还在唠嗑：

你和雅丽到底怎么回事啊？同学们都在背后议论呢。

其实也没啥。不就是借给她一本书吗？

那书里的信呢？据说还附了一首诗……

四子！四子！三哥突然叫我。小红问叫他干啥？三哥说，看他睡没？别让这小子知道我的事，告诉爸爸。

我翻了个身，吧嗒吧嗒嘴，假装发出沉睡的鼾声。

大约1978年吧？三哥毕业，接了爸爸的工作。小红则参加招工考试，成为一名矿山井下工人。五年后，我念技校，和三哥住在灯光球场同一个宿舍，小红住在红坑口宿舍，彼此往来自是题中应有之义。

不过那时，三哥和小红都已渐渐地远离了文学。后来，三哥上的电大也不是中文班而是企管班，小红也已在工区当了班长。小红和三哥一样都不怎么喜欢喝酒，歌儿依然爱唱，也弹起了吉他，经常参加矿山文艺演出。印象中，小红还送给过我一把吉他，可我只会一首"三月里的小雨渐沥沥沥沥渐沥沥沥下个不停……"，颤音永远拨弄不准。后来我技校毕业，正好分配在小红所在的工区，成为一名令人羡慕的地表卷扬工，每天坐在井塔八楼的沙发上摁电钮，没事儿的时候还可以俯瞰整个矿区，看风景。不过，这个工种责任重大，且一干就是十几二十年，甚至一辈子。于是我自愿申请到千米井下的小红班组，做对铃工，即使一二三班倒，我也很少干活儿，而是经常跟着小红屁颠屁颠地四处溜达，美其名曰检查工作。小红让我省下更多的时间看书学习，后来，又推荐我到工区当工代员，直到1988年我调离那里。现在想来，那两年该是我和小红关系最为密切的时光，也是最为难忘的时光。

1998年，我离开老家到外地谋生，就很少和小红联系了。最近一次见面，也是在三年前，我陪北京的几位作家朋友回老家采风，这时小红已经是工区长了，他给我们每人发了一个安全帽，带我们参观了我曾工作过的地方，并详细地讲解了矿山技术改造工程及发展前景，也给我的朋友们捡了几块矿石，作为纪念。

小红说，四子是我四十年的兄弟了，亲哥儿们一样。

的确如此。

那晚小红留饭，可我们还要赶往下一站，就只能遗憾了。后来，我听说他又调到矿里某个部门工作了，不久又停薪留职，远赴大兴安岭和朋友们开拓另一个矿山。一年除夕夜，我在喝多了酒的时候，给他电话拜年：

邵哥，你再给我唱首歌吧！就唱《童年》。

付希全

记不清是哪一年了，付希全从岫岩来到树基沟上学，作为插班生，分到三哥那个班。三哥、邵守红、付希全，随之成为最要好的同学，说是铁三角也不为过。

时间久了，三哥和邵守红就管付希全叫全子。

那时他们上九年级吧？

起先，我和全子（我也这么叫了？）并不是太熟悉，尽管他也常来我家玩儿，也在我家吃过饭，但一定没有邵守红那样让我感到多么亲近。我只知道，他的一个远房姐姐在我们学校当老师，他是投奔他姐姐来的，操着一口辽南口音，每句话的尾声都往上翘，可以的事情也不说"行"，而是"嗯那"。有点儿垮。但付希全长得却是一表人才，浓眉大眼，憨厚朴实，看上去也比三哥、邵守红壮实，我爸、我妈很喜欢他。

我说过，我在初中时喜欢书画和文学，是受三哥的影响，也包括他的朋友，比如邵守红。那是个讲究志趣相投的年代，道不同不相为谋。我家的相册中，至今还贴着一张三哥和邵守红、付希全的合影照片，他们每个人的左上衣兜儿里都别着一支钢笔，头发浓密，照片上面的留白处写着四个斜体字：风华正茂！三哥说，全子也喜欢文学和书法呢，他

135

写的颜真卿的《多宝塔碑》比我写的好多了。这，我相信。

但命运总是不公。毕业后，三哥、邵守红先后上矿参加工作，付希全因为是农村户口似乎只有回乡务农一条路。他因为心有不甘，于是去当了兵。

当我决意写这篇文字的时候，我翻出手头保存的四封付希全的信，两封是写给三哥的，两封是写给我的，分别是1984年3月5日、1984年4月1日、1985年2月8日、1990年12月8日的信。写给三哥的两封信之所以在我这儿，估计是因为我曾经和三哥住一个宿舍，就随手留了下来。

付希全在1984年3月5日的信中写道：

> 坐在南去的列车上，我拆开了你的信，句句贴心的话语真的把我带到了你的身边，句句衷心的祝福真使我不胜感激，我仿佛看到了你炽热的心。是的，海内存知己，天涯若比邻！
>
> 你说"面庞的消瘦，衣着的单薄，怎能将自己的微笑遮住。因为啊——生活不只是享受！"是啊，生活来源于奋斗，真正的生活，在于劳动者的耕耘，真正的幸福在于攀登者的努力，无限风光在险峰。而我呢？却只能望其兴叹了。你现在正在实现着自己的诺言，你在走一条荆棘的路，虽然说艰难，但你的信心是十足的，你一定会做出成绩的，因为希望总是属于那些不畏劳苦、勇于探索的人。

显然，这是全子在收到三哥的信后的回复。那时三哥工作好像不大满意，正在复习，准备考电大。1984年4月1日的信，还有这样的段落：

你来信中说，让我给你的小说提意见，请原谅，实在是无可挑剔。因为你现在已真正地了解了生活。所以，在此方面你是颇有功夫的。特别是你的观察能力和敏感能力很强，俗话说"识时务者为俊杰"，特别是在文明礼貌月中发表这样的小说，真是难能可贵的好教材。

寄信地址是吉林省长春市，彼时全子正在部队服役。信中说，他又回到连队干老本行了，虽然没有什么造诣，但在他人眼里还是"略高一筹"，自己心里也满足了。那时，他在连队任宣传干事，可以说他和三哥都是在用自己的努力，或者说是对文学对写作的热爱，试图改变着自己的前途。

我忽然想起一件事，1982 年暑假，我到鞍山市群众艺术馆学画，住在铁西区的姑姑家。一次我去铁西百货大楼文具柜台买画材，见一身着军装的士兵正在挑选钢笔——怎么这么面熟！这不是全子吗？几乎同时，全子也认出了我。现在，我已记不清当时的具体情景了，彼此是否握手抱拳、击胸拍背进而留下地址、电话？对了，那时也没有个人电话，但肯定也没立马下楼在街边找个小饭馆吃喝一顿。只记得全子说他们正在附近修路（工程兵？），休息时间就跑来看看钢笔什么的，我自然也是介绍了自己的情况，然后就分手了。

1983 年，我离开树基沟到红透山矿念技校，1985 年 2 月 8 日收到全子给我写的第一封信，两页白纸上竟然都是先用红笔画了横格，比通常的笔记本自带的格子略宽，类似于宣纸的八行笺，字体也是刚柔相济的行书——这哪里是写信，分明是在创作一幅书法作品呀！两封信除了第一封有两字涂抹外，其他尽皆干净整洁，想来全子在写这两封信时，一定也是不止书写一次甚至打了草稿的吧！如此用心，让我感动。

这时全子已经复员转业，可仍然没有分配工作，几经周折，才在北三家乡下寨子村小学当上代课教师。我们虽然不是经常见面，但彼此已经很熟悉了，用他的话说是"真正相识"：

虽然我们真正相识确实晚了些，但我还是满足的，因为我们有一个共同的爱好——文学和书法，此乃天赐良缘。我没有更高的奢望，只要我们在共同的爱好上一起切磋，一起进步，当哥哥的我就心满意足了。同时，也希望你在今后能多提供一些让我练笔的机会，使自己能有所进步。

全子说的机会，是指他几次到矿上来办事，顺便会会我三哥、邵守红等同学，晚上，我就请他住在我的单身宿舍。我向他介绍了矿上喜欢文学和书画的朋友，推荐他的文学作品在矿报发表，书法作品在矿工会画廊展览，全子还给自己起了个笔名：溪泉。有段时间，我和三哥试图找关系，帮助全子转为民办教师，终因种种困难而未成。上述给我的两封信中，全子似也表露出些许无奈：生命对于我们来说，只是短短的几十年，特别是正值青春韶华，无疑是可贵的，但命运的安排只能使自己做八亿农民中的一员了。诸般皆是天造就，世上有谁能强求？更何况我这个心比天高的空想家了。

不久全子结婚，新娘是一个十分漂亮的姑娘。我们逗他，一定是你们的村花吧！

全子憨厚地笑笑，用辽南口音回答着什么。

全子的婚礼是在树基沟举办的，那时，全子的父母也早已搬到这里来生活了，他们家开了一间豆腐坊。全子嘱我写婚联，权当贺礼。词儿他也拟好了，用现在的话说充满速度与激情：

不愿做鸳鸯卿卿我我嬉游浅水

有心学海燕风风雨雨比翼蓝天

　　婚后，全子在下寨子村盖了新房，把家就安在了那里。2003 年，我和朋友骑自行车从沈阳到清原浑河源头，途经该村时我提议去看看全子。村人将我们引入一家院落，透过窗子，我看见全子媳妇——我应该叫嫂子，正和人聚精会神地打着麻将，就没进屋打扰。

　　村人说，付老师早就不在学校教书了，此时该在斗虎屯石灰厂装石灰吧。

孟老师

我承认，我是一个学习不太上心的学生，考试成绩一般。上小学时，刚打倒"四人帮"那会儿，我们经常在一块儿玩儿的有八个同学，班主任凭此就给我们起了"八人帮"的绰号，且坚决认定我是头儿。到初中时，临时班主任李春秋的爱人是小学老师，想来我们这届学生的"红与黑"他是了如指掌的。但这不是事实。事实上我不是一个坏学生。你见过一个从小学三年级开始，就给班级、年部、学校写表扬稿和出墙报的坏学生吗？

李春秋曾经给我的一记直拳，无非是个下马威而已。

对了，那时我们学校还不叫树基沟小学或中学，而是叫育红二校。

学校共有两排教室、一排办公室，另有实验室、木工房、烧水房、厕所，都是歇山式瓦房。两排教室并排在靠南的大道旁，中间是学校唯一的大门，进门右转，最里面挨着木工房的那间就是我们教室：初一（2）班。

彼时，学校正在举办全校师生绘画、书法展览，我去看了几回，这是我的兴趣所在。记忆中好像都是高我们几届的学生和老师的作品，其中最让我惊讶的是一位署名孟德义的老师的行草，落拓不羁，超凡脱俗，颇有鹤立鸡群的意思。

据刘波二姐说，孟老师的语文板书极好，同学们都在竞相模仿，而且老师嗓音醇厚，带有磁性，听他的课简直就是一种美的享受。此外，孟老师还是一位体育健将，篮球、排球、长跑都是强项。歌儿也唱得好，每次学校文艺会演，一首《在那桃花盛开的地方》一定响彻山谷。对了，孟老师还是一位美男子，身高1.8米……总之，有这样一位多才多艺的老师，是多么幸运。

1982年，我们初三，面临中考。无疑，这是关键的一年。学校很重视，调集了各科优秀教师，其中就有语文老师孟德义——我们终于有机会做了孟老师的学生，尽管时间只有一年。

如前所述，我是一个学习成绩一般的学生，考重点高中，上大学，非我所能。我唯一的愿望就是被技校录取，毕业后尽早参加工作，以减轻家庭负担。那时，我正沉迷于绘画、书法和篆刻艺术，受三哥的影响，也开始练习写作，用现在的话说是有所专长——这，听上去倒是不错，其实就是偏科。可我今天要说的不是这些。我要说的是，从此我得到孟老师的垂爱，并结下不解之缘。

2020年春天，当我在写这篇文字的时候，我特意找出了三十多年前我自制的一个笔记本，上面抄写了我的四十首诗词习作，其中四言二首、五绝六首、七绝十首、五律一首、七律三首、排律一首、词七首，汉俳五首，新诗五首，题名《东风第一枝》。我在《前言》中转道，近日尝学诗词，间有小作，暇辄拾理，积久渐多，整理成则。本中前作，多为师阅，丑陋之处，今已做补，罗列与共。游思信笔，不知所言，谬误之处，悉请正之。落款时间是1983年3月15日。

次日，我将这个本子忐忑地交给孟老师。几日后，老师将本子还给我，自然，上面留下了他那潇洒自如的字迹，此照录两条如下：

初习旧体诗，能至于此，可谓长足进步！希望尔不懈努力，持之以恒，必能百尺竿头，更进一步。

但有一点，你要引起注意，即无论叙事、抒情、状物，都要心有所真感，然后再诉诸笔端，这样才能真切、感人，否则便会误入歧途，以至于游离其词，令人难以捉摸。会给人以不知所云之感。这一点，不知你是否领略到了。

此云不一定说得准，谨供你参考。

词不如诗。词讲气魄，讲开合，笔力不足则挥洒不开。如此必然以牵词充之。习作之余，还是看看宋词佳作为好！

如此批语让我深受感动，甚至说心潮澎湃夜不能寐也不为过。这，无需赘言，《东风第一枝》的后缀即有这样的字句：

老师，您批改完了我这四十首歪诗词，我该是怎样地感谢您呢？您是不许我对您说任何客套话的，所以我也不想说什么。我会将这个小本子珍藏起来的，把她献给我未来美好的回忆！

最后，请您允许我把我每每受到您的教诲后的心声，化为一首幼稚的小诗从心灵深处飞出：

批语一声声，

我眼泪频频。

缓缓又一首，

脉脉忆德音。

1982 年，我与大多数同学一样主动放弃中考，进入复读大军。一年后，以多一分没用少一分不行的成绩考入中国有色金属沈阳第二技校，校址在一个更大的矿山——抚顺红透山矿。1986 年毕业参加工作，直至 1998 年辞职离开那里，先后干过井下工人、工代员、小学教师、政工干事、团支书、办公室主任，其间与大多数同龄人一样，除了娶妻生子，其他似乎乏善可陈。即便这样，孟德义老师仍视我为知己，甚至常以兄弟相称。其实早在读初三时，他就经常对我和刘波、霍绍文、谷守红说，在学校，你们是我的学生，出校门咱们就是兄弟! 而每每我们几个，谁若在某些方面取得了成绩，比如刘波考上县重点高中直至大学，比如我在报刊上发表了文章，他就会鼓励说，弟子不必不如师，师不必贤于弟子。你们要放开脚步，尽情奔跑。

心胸坦荡，奖掖后学，由此可见一斑。

孟老师曾赠给我一本《各种书体源流浅说》，让我受益匪浅。那时，我除了经常向他请教语文课之外的诗词写作，更有书法上的交流。孟老师喜欢苏东坡、黄庭坚、米芾、赵孟頫的行草，唐寅的楷书，我则醉心于"二王"、张迁、欧阳询，兼及篆刻。我们见面，如果情况允许，一定是相互推荐喜欢的字帖，乃至某字某个笔画的研习体会，春节，更是互送春联与书作。起初，我当然是不敢这样"平起平坐"的，可他一脸严肃地说，与朋友交而不信乎? 于是，我只得从命。

但他的字，除了在办公室和自己家张贴外，却很少示人，更不主动拿去发表、展览。

记得我在矿工会美术组工作时，每年劳动节和国庆节都要搞美术、书法、摄影展览，孟老师的字，就是我再三邀请下才参加的。《红透山矿报》副刊有时也发表这类作品，也都是我帮他拍照，再拿给编辑。时任主编祁亚轩先生很喜欢孟老师的字，不仅及时给予刊发，还嘱我一定找机会见见作者——祁也是书法爱好者，且他们年龄相仿，性情相近。于是捎信给孟老师，请他再到矿上办事时告我，大家聚聚。孟老师则欢迎我们来树基沟，他说，山乡野趣，足可交游。

对，这是 20 世纪 80 年代，以文会友正成风尚。

树基沟，满语，意为盛产山野菜的地方。这是我后来才知道的。当时不知。当时一直以为这里是山区，是木材基地，故名。其实，这里更为盛产的是金银铜铁。早在日伪时期，就已经勘探出矿，是著名的红透山矿的前身。很多矿山人都是从外地招工来的，我父亲就是其中一个。孟老师也不是本地人，而是北三家的下乡知识青年，回城到树基沟中学当老师，后又考取抚顺师专，获得正式教师资格。

那个春天，五一劳动节。我和三哥陪祁亚轩、石晋忠、大祝及其夫人，从红透山回到树基沟（那时，父母和弟弟还住在这里），母亲早已备好酒菜，父亲打发弟弟骑自行车去沟里邀请孟老师，父亲说，家里来戚（音qiě）了，自己嘴笨，就请孟老师全权代表吧！孟老师说，程大爷放心，程远的朋友就是我的朋友。然后，将酒杯一一斟满，双手抱拳说，有朋自远方来，不亦乐乎？云云。那顿酒，好像是从下午喝起来的，直至夜黑风高，老祁他们才跟跟跄跄去招待所入住。次日，我们前往铁道南前山进行所谓的春游——穿过松树林，爬上山梁那几块突兀的石头砬子，见一片刺嫩芽正长到二寸多长，老祁欢喜无比，一边把从矿党委宣传部带来的海鸥牌相机交给晋忠保管，一边脱掉外衣当作兜子，大有一网打尽之意。其实，哪有那么多刺嫩芽啊！倒是林中遍布的猴腿、蕨菜、青毛广、大叶芹让人目不暇接。

天近中午，孟老师责令收兵。于是一干人马下山，沿着铁道往沟里走。不用说，我们是去孟老师家。此时，侯姐（孟老师爱人，我们一直这样称呼，而不是叫师母、师嫂什么的）正在家中杀鸡宰鱼，凉菜热菜摆满桌子，啤酒白酒一应俱全。但我们并没有饿虎扑食，而是急着欣赏孟老师的墨宝，讨要一二自不必说。

记忆中，老祁来树基沟会孟老师可能仅此一次。至于我，则无计其数了。那时我虽然在矿上上班，但每周六的晚上，一般都要坐火车回老家看望父母，周日帮家里干活儿，周一早晨再返回矿上，顺便也带些白菜、土豆、萝卜、大米之类作为一周的食粮。通常情况下，周日晚饭后，我也会单独或与霍绍文、谷守红一起去孟老师家玩儿，侯姐非但不烦，就是她家中的三个孩子，小明、冰洁、冰心也拍手欢迎，热烈地管我们叫着叔叔。有时玩儿得晚了，就在孟老师家的西屋住上一宿，让孟老师给我们讲他和侯姐的故事——当然是秘密故事啦！

孟老师说，哪有什么秘密。不过，年轻时你们侯姐漂亮倒是事实。

孟老师说，有一次，他和侯姐从树基沟坐小火车到北三家看望母亲（孟老师也是远近闻名的孝子），出车站，见一群刚喝了酒的青年男女，正在大街上载歌载舞，引起路人驻足观看。这时，一位男子说，孟老师多瞅了他的媳妇几眼，且该男子还出言不逊。孟老师说，你喝多酒了，我就不跟你理论了，不然今天非揍你一顿不可——我自己的媳妇我还没看够呢！稀得看你媳妇？这时，侯姐翩然而至。

结果，这群哥儿们一阵惊艳，遂作鸟兽散。

现在已经记不清是哪一年的夏天了，我和刘波再次回树基沟，我们和仍在那里工作的霍绍文、谷守红一起去看望孟老师。那时孟老师已经从学校调到派出所当所长了，他的办公室里，除了铁皮柜子、长条椅子、桌子，似乎再没有什么像样的东西，但笔墨纸砚还是一个都没少。霍绍文说，这些都不稀罕，孟老师要是能让我们摸摸手枪，再打一梭子，是最好不过的啦！

孟老师说，一梭子不行，每人两发吧。

于是，我们来到后山脚下的河套边，把几个空酒瓶子挂在树上。这是我有生以来第一次打手枪，可惜，没有射中。子弹只在后山的岩石上留下两个白点。

20世纪90年代中期，作为东北最大的铜锌矿山——红透山矿已经走过五十多年的历史，随着矿产资源的萎缩，逐渐趋向衰落。它的前身，树基沟坑口更是早已关闭，厂房拆迁，设备变卖，人员撤走，一个曾经热闹甚至辉煌过的矿山小镇，最后只有几十户人家驻守。派出所、学校，分别归并到矿公安处和完小、完中。孟老师也来到了矿上，家也搬了过来。

这让我好生欢喜：我们终于可以天天见面，谈文论艺了。

然而并非如此。那时我在矿劳动服务公司负责待业青年和刑满释放人员安置工作，经常去县里、市里劳动部门跑手续，陪领导喝酒，时不时地还要打上几场麻将。我的意思是说，我很忙，孟老师也很忙，我们彼此陷入各自的圈子不能自拔，没有因为距离拉近而交往增多，在一些公共场合，往往只是打一声招呼，或是在矿区公路上，远远地望见他骑着那辆绿色的挎斗摩托车呼啸而过。

我想，什么时候我们真该好好聚聚，一如王安石所言：草草杯盘共笑语，昏昏灯火话平生。

这样的机会当然也有，但不多。一次，我和公司工会主席马述德去抚顺参观书画展，就强烈要求孟老师和我们一起去。我的另一位恩师、市书画院王文心院长，不仅陪我们参观了展览，还逛了画院、书店，买了陈振濂的《书法学综论》及吉林美术出版社的一套五卷本的《学书必备——字宝》分送我们。末了，还请我们到家里吃饭，看他收藏的名家字画。

我对孟老师说，这次不虚此行。

孟老师则嘱我一定要珍惜文心先生的厚谊，及一直以来对我的关心，莫再耽于酒局、麻局，远离一些没必要的应酬，"士不可以不弘毅，任重而道远"。

1998 年，女儿 5 岁。无论从物质还是精神上，我终于感到前所未有的压力，厌倦无休止的喝酒、打麻将、迎来送往等等所谓的人情世故，一种出逃的想法油然而生。于是，下决心别家离职，只身来到沈阳一家报社，梦想着能够开创一番事业，起码做自己喜欢的工作。此后一年中，回矿山的次数少了，与孟老师相聚的机会更是寥寥无几，直到有一天，刘波给我打来电话：

孟老师和侯姐来沈阳了，在医大看病。肝癌，晚期。

我们晚上请他们吃饭时，千万别说漏嘴。

……

现在我已经记不清那天晚上，我与刘波是怎样和孟老师、侯姐吃的饭了，那将是一种怎样的心境。我们谎称明天还要上班，就没上酒，但孟老师说，你们两个臭小子弄了这么一桌子菜，怎能不喝酒呢？为了我们久别重逢，也为了我此生能有你们两个让我自豪的学生、兄弟，也得举杯相庆！席间，我和刘波几次借口去走廊抽烟，然后站在那里面面相觑，无声落泪——这，就是命运吗？那一年孟老师才刚刚四十八岁。我们强作欢颜说，饭后，咱不 K 歌，咱请孟老师洗桑拿、做足疗、全身大保健吧！侯姐说，你们请孟老师干什么我都放心。当然这是一句玩笑。最后，我们去了保龄球馆，刘波悄声对我说，你悠着点儿，咱假装打不中，一定要让孟老师赢！我说，懂！

现在想来，孟老师当时一定也是知道了自己的病情，又期待着奇迹发生。

　　所谓隐忍，莫过如此。

　　此后，我与刘波、孟广川、杨柏栋等又回去看望过两次孟老师，其中一次还在他家吃了午饭。那时，孟老师已经不能下床陪我们了，但他还是忍痛坐了起来。越过他的肩头，我看到床边的一排书架上还插放着《书法学综论》和五卷本《学书必备——字宝》，以及大大小小的书籍。我知道，最后的时刻就要来临——

　　1999 年 2 月，那个雨雪清扬的上午，故乡树基沟通往北三家的公路旁，北山岗上，我和刘波、霍绍文、谷守红双膝跪在一座新耸的坟前，李春秋老师一边往地上倒酒，一边嘴里念叨，德义啊！你安心地走吧，你的学生来送你了。他们都是你的得意门生。

　　若干年后，我去抚顺办事，完毕后，给小明打电话。我们来到了一个小酒馆。

　　小明现在已是一个辖区的派出所指导员了，除了长得像他父亲一样英俊、潇洒，更多了一些阳光气息（小明警校毕业，传承了他父亲最后的职业）。我说，帅哥酒量怎样？小明说，一般啊，不过今天一定要陪好程叔。

　　时 2020 年 4 月 4 日，清明节。我终于写下这篇欠了很久的文字。

祁亚轩

这些年来，随着年龄的增长，尤其是中年以后，一些身边的朋友走着走着就散了。原因挺多，但大致是彼此有了什么误解、隔阂，不来往了，或是"三观"起了变化，所谓"道不同，不相为谋"，乃至断交。还有就是人不在了，去了天国或地狱，不和你玩儿了。怎么说呢？这几种情况，前两者我是顺其自然。而后者，往往无可奈何，暗自神伤。

在卡拉杜宾人看来，与从博物馆和资料库中焚烧的旧东西相关联的一百万年在史书中也只需一句话就可以总结：基督耶稣死后有一个延续了几近一百万年的重新调整时期。（库尔特·冯尼格特《泰坦的女妖》）

好吧，那个时代已经逝去。

一

1983 年，我从老家树基沟到红透山矿上技校，因为字写得好，学生会就时不时地给安排点儿活儿，比如写墙报、标语、对联，甚至校牌。一次，因为要写大字，没有提斗毛笔，学校领导就跟矿工会打了招呼，借一支，让我去找祁亚轩取。

午饭后，我和三哥从职工宿舍出来，他上班，我上学。路过矿工会楼（也是职工俱乐部）时，见一男子迎面走来，三十多岁的样子，身穿洗白了的浅蓝色上衣、长裤，脚穿皮鞋，面含微笑，鬓角略长。三哥对我说，这就是你要找的祁亚轩。叫祁哥。

我走上前去问候，并说明了学校的意思。

祁哥说，跟我来吧。

这是我第一次与祁亚轩见面。之后，是还笔，是在不同场合看到他写的字，在矿报上发表的文章。我自小受三哥的影响，喜爱书画和文学，上技校后，又和三哥住同一间职工宿舍，我们虽然相差四岁，但交流起来似乎并无障碍，或者说，他带带我也是情理之中的事。谁让他是我三哥呢。其实我在读初中时，三哥就曾把我写的东西拿给矿报的编辑看过，也发表了两首小诗。后来，三哥又带我认识了他的几位写作朋友，如赵连军、边勇、祝全华。我们也去了矿报副刊编辑刘国祥老师家，刘老师热情地接待了我们，并鼓励我多看书、勤动笔。

但那时，我对矿报编辑部还不是很熟悉。打得火热，还是祁亚轩从矿工会调入矿党委宣传部之后。这时，祁亚轩编矿报副刊，刘国祥老师任报道组组长。

这应该是 1985 年，当时我读技校二年级。

三哥告诉我，红透山矿有几万人口，热爱文学、喜欢写作者众多，但最有成绩的当属祁亚轩。他不仅在辽大自学了中文，而且文章多在《抚顺日报》《辽宁日报》《中国有色金属报》上发表，小说也是几次在抚顺文联主办的文学杂志《五月》刊载，尤其反映地质勘探生活的短篇《苦夏》上了省刊《鸭绿江》，这在当时乃至后来都是少有的。《鸭绿江》，那是我们每个文学青年的圣地啊！

三哥的意思我懂：祁亚轩是我们矿上文学界的一面旗帜。

二

　　1985 年，我的一组散文诗在《五月》杂志发表，之后是《琥珀诗报》《抚顺矿工报》《抚顺日报》什么的，颇有一发不可收的意思，遂受到三哥他们那拨儿如祝全华、曲贵明、李景鸿、冷立平、杨绍义等人的青睐。老祁更是鼓励我说，出道不分先后，出息仍需努力。对了，顺便说一下，我们这些围绕在祁亚轩周围的文学爱好者，当面一般都是祁哥长祁哥短地叫着，背地里则喜欢直呼他为老祁。不是不敬，只是这样觉得关系更为亲密一些，就像邻家老张、老李一样。

　　1986 年，我参加工作。先是在红坑口提升区，然后是团山小学、矿工会、矿劳动服务公司、冶炼厂几个单位，无论具体做什么，都兼职通讯报道员，所以与矿党委宣传部，尤其是矿报编辑部、广播站、电视台打交道最多。送稿件，取报纸，几乎天天去转一圈儿，甚至跟着编辑们跑印刷厂。那时矿报是铅印，除了报头和摄影照片要到市里制成锌板外，个别标题和插画都是直接刻在木板或橡胶皮上，然后嵌在铅字印版中。这些插画等属于临时活计，要得就很急。那时，老祁已经是矿报的主编了，他就经常找我和同样擅长书画的姜宏连帮忙。有时有稿费，有时没有，没有时老祁就说，先记着，年底一并补上。老祁说到做到，我和宏连几乎每年都被评为矿优秀通讯报道员，锅碗瓢盆什么的奖品没少往家拿。不仅如此，由矿党委宣传部牵头的事儿，老祁也会想着我们，如安全生产教育展览，老祁就把我和宏连叫上，一个负责写字，一个负责绘画。老祁说，这可是有费用的大活儿啊！好好干，不吃亏。果然，展览结束，我们分到了几近半月工资的报酬。

　　老祁对我尤为关照，这在我们圈子中无出其右。

记得我还在技校时，全国第二届青年美展巡展到了沈阳。老祁征得矿里同意，带我们几个去参观。就是这次，我们亲眼看到了罗中立的那幅著名油画《父亲》。这次出差，不仅路费报销，回到矿上，我们又去饭店用出差补助撮了一顿。老祁知道我生活拮据，又在参加中国书画函授大学的学习，每星期都要去市里听课，他就尽量给我找些公出，末了，把火车票给他，然后请部长签字。部长亦是仗义之人，从不点破，权当对重点作者的培养了。不仅如此，几次矿党委宣传部的内部活动，比如庆祝南山电视差转台建成的全羊宴，我和几个通讯报道员也跟着混过。时间长了，就有人认为我早晚要调到矿党委宣传部去。

事实上，我也一度想去矿报当编辑。谁不想往高处走呢！何况我在写作、书法甚至绘画上均有专长，用老祁的话说是再合适不过的人选了。万事俱备，只欠东风。

但老祁终究不是组织部部长，宣传部也不是组织部。

难处可想而知。

为此，老祁做过多种努力，比如借调，比如实习，比如矿报不定期举办通讯报道员学习班，矿党委宣传部就会给我所在的单位发函，上盖公章。有时单位同意，有时也会不给面子，毕竟通讯报道是兼职，不是主要工作。

1989 年春天，辽宁文学院与辽宁大学联办的青年作家班预科班招生，预科班结业，就可以参加两年班的学习。老祁将我和祝全华推荐给了抚顺市文联，市文联又推荐我们到省文学院。老祁私下对我说，一定要珍惜这次机会，矿里之所以只推荐了你们两人，就是想为矿报编辑部储备人才，而且是公费。

真是天上掉下个林妹妹。

但我还是高兴得太早了。三个月的预科班结束，我虽然收到两年正式班的录取通知书，但遗憾的是只能自费，矿里不给出这份钱了。要知道，那时我的工资只有几十元，维持日常生活已经很难，遑论学费。

三

如前所述，祁亚轩周围簇拥着我等一大批文艺青年，我们不仅给矿报副刊写稿，优秀作品被推荐到市报、省报、有色系统报刊及文学杂志发表，还经常请市文联、市作协的老师来矿上采风、讲座，也编辑出版了内部发行的《山花——〈红透山矿报〉副刊作品选》和《铜流滚滚》，我的作品不仅入选，我还承担了装帧设计工作。那时，三哥、李景鸿、曲贵明、祝全华、冷立平、杨绍义等正读电大，一次饭局上，冷立平就提议他们电大同学要成立一个文学社。冷立平端起酒杯说，除了电大同学外，文学社只允许两个人参加，一个是祁亚轩，一个是程远。前者是特邀顾问，后者是破格。至于文学社的名称，每个人想一个，最后集中议定。

当我写这篇文字时，我还清晰地记得，那是一个下午，位于矿教育中心四楼的辽宁广播电视大学红透山教学基地中文班的教室里，包括我和祁亚轩在内，坐着十几个人。祝全华左手拿着粉笔（他左撇子）在黑板上写下五个大字：渊明文学社。其他人写的什么我想不起来了，也不记得之后文学社有什么活动，不过，大家还像从前一样，写着，然后首先投给矿报。如果反响好，再向外投。

无可否认，祁亚轩那时已成为全矿文艺青年的精神领袖。

这不仅是因为祁亚轩的文学创作，亦因为他的多才多艺。哪一个矿山人不记得那首响彻云天的《红透山铜矿之歌》呢——

153

灿烂的朝霞映红了群山，

巍峨的井塔耸立在云端，

隆隆的索道满载着希望，

采掘的炮声催我们向前。

千尺井下是我们的战场，

金子般的矿石是我们无私的奉献。

啊，铜矿工人，

啊，英勇的铜矿工人，

矿灯照耀着我们描绘壮丽的画卷！

坚韧的钢钎是我们的脊梁，

闪光的矿石是我们崇高的品格。

啊，铜矿工人，

啊，英勇的铜矿工人，

矿灯照耀着我们奔向理想的明天！

  这首歌的词作者就是祁亚轩。此外，书法、摄影、乒乓球都是他的强项，甚至他还担任过矿职工篮球赛的裁判，吹着口哨儿在灯光球场往来穿梭，令人艳羡。我不懂球，不敢置喙，就是他那怪怪的行草书法，也难以揣摩来历。老辣、刚劲、奇崛，有着郑板桥的风骨和八大山人的孤傲，恰是应了那句话：字如其人。非如我等，流于"二王"的浮丽。

  印象中，我和老祁是交流过彼此写字的体会的，也互换过作品。我也一定是给他刻过一两枚印章的。每年的劳动节和国庆节，矿工会搞的书画摄影展览，也都有我们的作品参展。我也将我的初中语文老师孟德义先生介绍给他，他们年龄相仿、性情相投，遂成为很好的朋友。老祁也给我介绍了一些他的朋友及同事，高岸青、朱建德、杨绍君、孙荣耀、王洪敏、纪尚君、都淑清、陈娟，乃至从日本留学归来的他的101地质勘探队的同学张吉祥，等等。我和老祁的家人也很熟悉，每年春节，我是一定要去给祁叔、祁婶儿拜年的，有时赶上他们家人聚餐，也不客气地加入其中……老祁并非好酒之人，但他会让他的弟弟、妹夫陪我喝，生怕我露出窘相。

四

大概是 1986 年春天，五一劳动节，三哥和我陪祁亚轩、祝全华和从部队转业回来刚分配到矿党委宣传部的石晋忠来树基沟玩儿，这也是孟德义老师委托我向他们发出的邀请。

孟老师谓之：雅集。

我们从北三家乡乘坐通往树基沟矿山的绿皮小火车，沿着山脚，晃晃悠悠地行驶，两边青山绿野，水流花开。晋忠挎着部里的相机，却不肯轻易拍照，他要省着胶卷等大家合影用。老祁背了一兜子牛肉、鱼肉、午餐肉和水果罐头，都是他来之前在矿上的副食商店找经理批的。这在当时，是很金贵的东西。

晚饭是在我家吃的。孟老师也早已被父亲请到了家里。

第二天上午，孟老师和我们一干人等就去了铁道南的前山，那里有一个石头砬子，算是当地的景点了。这时，正是山野菜丰收的时节，树林中遍地都是蕨菜、猴腿、婆婆丁、小根蒜、青毛广、红毛广，石砬子周边更是刺嫩芽密集之处。祁亚轩、石晋忠和祝全华很兴奋，纷纷脱了上衣，颇有一网打尽之意。之后，我们又沿着小路上到山顶，看那更远更高的山、更长更亮的水。然后下山，去孟老师家喝酒。所谓踏春交游，所谓文人雅集，大抵如此吧。

孟老师并不经常上矿里，但只要去，只要有时间，老祁和我们就会在一起吃喝一顿。有时在饭店，有时干脆就买些简单的食品到我的宿舍，谈文论艺，不亦快哉。

那时，我们宿舍住四人，属我招人。

记得有一次，冬夜。祁亚轩、祝全华、三哥和我，我们在宿舍小聚。我们大概是喝了一瓶白酒和几瓶啤酒之后，才发现窗外下雪了。遂决定，酒不喝了，去后山踏雪寻梅——其实，我们这里哪有梅花啊！老祁说，没有梅花，我们就背诵一下张枣的《镜中》也是好的：

> 只要想起一生中后悔的事
>
> 梅花便落了下来
>
> 比如看她游泳到河的另一岸
>
> 比如登上一株松木梯子
>
> 危险的事固然美丽
>
> 不如看她骑马归来
>
> 面颊温暖，
>
> 羞惭。低下头，回答着皇帝
>
> 一面镜子永远等候她
>
> 让她坐到镜中常坐的地方
>
> 望着窗外，只要想起一生中后悔的事
>
> 梅花便落满了南山

若干年后，这个雪夜如同电影慢镜头一样，在我的脑海里时隐时现。

那是一段多么美好、快乐的时光啊！

五

大概1990年吧，有一阵子我去矿党委宣传部，看到老祁总是在旧报纸上练毛笔字，也不临帖，而是一味地写些情啊爱啊恨啊什么的单字。字很大，也很乱。后听晋忠说，老祁离婚了，而且要和情人远赴内蒙古赤峰一个叫大井银铜矿的地方。

离婚？情人？这在当时还有些刺耳的字眼，让我不敢相信。

私下里问老祁，得到确认。

现在已经记不清我们是怎样与老祁告别的了，是不是也到苍石火车站送他，就像当年他在火车站送我和祝全华去文学院学习一样。对于我们这些文友，老祁不会不辞而别，我们也一定会"劝君更尽一杯酒，西出阳关无故人"。

……

此时，我的桌上放着几封信，都是老祁写的：一封是1990年4月19日写给我，20日寄出的，是他离开红透山一个月后的来信或复信，210字稿纸，共7页。一封是1992年4月7日，在得知我即将结婚的前几天，托人捎来的，"因明日赴京城开会，喝不上你的喜酒了，甚憾！""祝你们好好过一辈子！"信中附赠一幅字并礼金。第三封信是1993年7月14日早8时36分写毕，15日寄给祝全华和我并收的，"时间关系，不一一复函，按来函顺序，写了回函。莫挑理。我是否圆滑了？"信中提到祝全华和我的两篇稿子（估计我俩给他的信中附了样报），分别给予了点评：二弟的文学创作意识有了深刻的变化，修正了偏执、情爱的专一手法，又走进了一片新天地，于此后将大展宏图。我相信煤都的文坛上不久的将来会腾升起两颗璀璨的新星……末尾，老祁亦提醒我俩，不可钻进一条死胡同，市场经济，要顺势而为，摒弃文人的穷架子。

遗憾的是，我和祝全华并未如其所愿，成为什么明星。

现在我还是想抄录一下第一封信的内容（部分）：

带着一腔爱与恨，离开了养我的故土、父母、弟妹及可亲可敬的朋友。当时的心情很难用语言描述。当我踏上西行的列车，那颗流着血的心像火烧火燎的一样。我不否认，我是个男子汉，可我此时此刻不如一个女人，如果不是她，我会退缩，会回到那条版图上寻觅不到的山沟里。

离开了那山、那水、那人、那块铜的土地。我的大脑一片空白。情绪一下坠入低谷。人究竟应该怎样活着，怎样追求？记忆，又唤醒了我，想起我们在一起的日子：

宿舍醉酒，

雪夜漫步，

故乡采风，

墨海神聊，

读书品评，

愤世嫉俗的狂言……

行前，同你谈了转职大井一事。在此我已改变初衷，不要来了。并非我恐多事，是这儿甚苦，偏僻无二。让我为你描述一下这儿的风吧！你先稳稳神，壮壮胆。准备好了吧？我开始了——

从天西方姗姗而至，始时脑膜得像一位出嫁的少女，那样矜持、害羞，慢慢也就放开了胆子，撇开了面皮，无所顾忌，掀起沙草，继而就翻脸，呈一十足的淫妇，赤身裸体，张牙舞爪，用肮脏的尘埃，遮挡了日月。甚而，狂淫大施，呼啸着，撕裂着，残酷，暴戾。人不见了，天日隐去了，树木拔起，整个世界天昏地暗，不复存在了。

这个描述并没细思，稍有些夸张。我把这儿老乡流传的几句顺口溜现于纸上，这是最洗练形象之概括（对这个地区）：

有山和尚头，

有河水不流。

一年四季风，

黄土漫天游。

希望你安心那里，好好混吧！

信尾，老祁告诉我抚顺市文联《五月》杂志社要在七八月份组织大井采风活动，让我与编辑部刘永华老师联系，和他们一起去玩儿，"相聚在大漠的草原上！"

六

这是我第一次去内蒙古。从赤峰下火车后，再乘坐长途客车，经翁牛特旗、巴林右旗，向左行驶直奔林西县。

大井银铜矿，地处内蒙古自治区赤峰市林西县官地镇中兴村。早在2900多年前，先民们就生产、生活在这里，并创造了辉煌灿烂的中国古代商周青铜器文化，现仍有大井古铜矿遗址存在，为研究中国北方古代铜矿开采、选矿、冶炼、铸造技术及发展水平提供了实证。

老祁和他的部下小马（蒙古族）开车在县城等我们。

这是我们分别后第一次相见。老祁似乎还是老样子，但又明显感觉面部有些糙了、黑了。

车快到大井矿的时候，见路上有人边走边晃，踽踽独行。老祁说，那是当地牧民或矿上的人，喝多了酒，往家走呢！这里交通不便，每天的客车只有上、下午两班，当地人出去办事、走亲戚，找朋友喝酒，除了骑马、骑自行车，基本就没有别的交通工具。而喝多了酒，又骑不了车、马，只好步行。有时醉倒在路旁，就睡一宿。

虽然是笔会活动，十几个人，晚饭还是在老祁家里吃的。他说，第一顿饭一定要在家里，这是当地的风俗。

这晚，我喝多了，也情不自禁地哭了。第二天，祝全华说我吐得那个热烈啊。

这，也在我的预料之中。

矿上几日，老祁带我们参观了坑口、选矿厂等生产单位，自然也去了他的办公场所——矿党委宣传部。老祁现在是部长，党委书记、副书记和矿长，也都是由红透山矿转调过来的领导干部，这让我们倍感亲切。但诚如老祁所言，这里的自然环境实在恶劣，就是比偏居东北一隅的、坐落于大山深凹里的红透山矿亦相去甚远，矿区周围除了灰土就是黄沙，哪里有什么"风吹草低见牛羊"。

——这也是矿山的特点吧。想来也并不奇怪。

过了两天，老祁和小马带我们去草原。临行前，买了很多蔬菜、猪肉、啤酒、罐头放在车上。小马说，草原上牧民家除了牛肉、羊肉，就没有什么吃食了，怕我们不习惯。我们的目的地在锡林郭勒，即使在内蒙古，那也是一个遥远的地方。这里与大井矿比，简直就是另一个世界，说是天堂也不为过。蓝天、白云，一望无际的绿草以及各种颜色的花儿（包括著名的狼毒花，后来在读权延赤的同名小说时倍感亲切），奔跑的马，成群的牛羊，高远的天空中孤独翱翔的雄鹰——刚开始的时候，那鹰仿佛一动不动地挂在那里，像一块黑色的膏药，谁知，一道暗影闪过，它便以迅雷不及掩耳之势扎入大地，杳无踪迹。令人目瞪口呆。

我们也知道了草原上的蘑菇是成堆的，如果仔细观察，草地上那些呈墨绿色的一圈一圈的地方，就一定有蘑菇。当地人叫蘑菇圈。

我们吃了一天的羊肉、牛肉，还有奶茶、奶豆腐，喝没完没了的青稞酒，听蒙古族朋友唱歌，弹马头琴。也骑了一会儿马。临回时，牧民大妈给我们带了许多晒干了的奶豆腐，说是无论放多久都可以煮着吃。我的确也带了几块，只是家人吃不惯这个味道。

若干年后，我和朋友从赤峰开车去阿斯哈图石林玩儿，路过林西，忽然感到，这些都是遥远的往事了。

七

1998 年春天，我从红透山矿辞职去了沈阳。2001 年 6 月，当我南行近一个月回来，得知祝全华也来沈阳打工了。这年初冬，我就请他住进了我的东塔小屋。

查看日记是 11 月 5 日，祝全华下班和老祁一起回来。他告诉我，老祁是来应聘一家房地产公司文案策划的，需要暂住这里几天。我当然高兴。可是屋中只有两张单人床，祝全华一米八五的个子，自然独居其一，我虽瘦小，但老祁毕竟也是一米七几，我俩……好在我们都能克服。吃喝完毕，再海侃神聊一番，一晚不觉也就过去了。

那时，老祁已经从大井矿回到清原县城了，但我现在不确定他是退休还是什么原因，总之没有回到红透山矿工作。这次来沈阳，老祁住了半个多月，应聘的事儿成了，但做了一段时间，就又回县里了。

我手头有老祁给我的第四封信（确切地说应该是一张便条，或曰手札），是 2002 年 4 月 4 日写的，不长，照录如下：

程远：

关于"药店"一事，一直忙活了四五天，仍无结果。有场地环境不好，环境好又无场地，加之其他原因，此事只好搁浅。先回去了。

凡事勿可操之过急，急中可致出乱、出错。凡事也不能强求，伺机再说。

沈阳一行，蒙老弟关照，感激。谢字太浅，会记下的。

祝快乐，发展。

又，《策划旋风》读后送还。

兄 亚轩

四月四日晨

印象中，这封信是我中午下班后，在住处的桌子上看到的。无疑，老祁回家了。这也是我所知道的老祁在沈阳的两次找事做的过程，这方面情况，祝全华可能会比我了解得详细一些。我只感到，除了短暂的住宿和一些吃喝外，我没有帮上他什么忙。一是我的人脉有限，再是什么房地产广告以及开药店之类，我的确外行。老祁失望而归，我的心里也如打翻的五味瓶。

之后，老祁和我们就少了联系，虽然彼此都有电话，但似乎再没见过面。直到 2011 年 7 月，抚顺作协在市郊水库边的大柳村开笔会。

会期好像五天吧？我和祝全华从沈阳到抚顺集合，然后去往乡下。刘永华老师对我说，这次除了祝全华外，还有我熟悉的解良、马人骥、杜玉祥、尹航、丁彦、高敏、刘远慧等。祁亚轩也被邀请了，虽然这些年不见他写东西，但老哥们儿，借此机会聚下。刘老师曾编发过老祁很多作品，心里自然惦念。记得当晚，解良、马人骥都即兴表演了满族歌舞，我和老祁、祝全华不谙此道，但一定也是追忆往事，掏心挖肺悲欣交集。次日上午，大家又在水库边看风景、晒太阳，老祁和刘老师讨论股市、基金什么的，都是一些金融时尚新词。我兴趣不大，就拿个相机拍着玩儿。

文联专业摄影家王晔揶揄我道，哪有大中午拍照的啊！

现在想来，也多亏了我的瞎拍，留下一些曝光过度的影像。

这次笔会，祁亚轩、祝全华、解良几人都是提前撤的，只有我和马人骥等坚持到最后，因为老作家高其昌先生来得晚，我们等他见一面。

八

笔会结束，和老祁又是很长时间没有见面。

他好像还是住在清原。但有那么几次，我回红透山玩儿，似乎又听说他离婚了（二次），不在县城住了，搬回了红透山。怎奈，来去匆匆，都没有主动去见他——我今天这样说，也肯定是一种托词，再没时间，能和其他朋友吃饭喝酒，就不可以找老祁吗？哪怕一次。我肯定也想过，或干脆就提议、示意过，在酒桌上。朋友们说，老祁患了脑血栓，虽不严重，但也不愿意出面应酬，尤其饭局、酒局。很自闭。朋友们多是在早上，或傍晚，能够碰见他一个人在马路上跑步，有时也在矿区的体育场、学校操场。后来，我的父亲也患了脑血栓，我再回老家，就会陪父亲遛遛弯儿。父亲说，他有时也能看到祁亚轩。果然，那天没过多久，老祁就出现在团山小学的操场上了，并且看到我和父亲站在单、双杠这边，就主动过来打招呼——他除了有些口吃、略显笨拙外，其他看不出多少变化。我没有唐突地问他病情，只是说他要保持良好心态，加强锻炼，提高生活质量，老大哥别让小弟担心，云云。

老祁笑了笑，说没事，就继续跑步去了。

我陪爸爸回家。

谁知，这竟是我与老祁——祁亚轩——我应该叫祁哥的最后一次见面。

2021年3月5日上午9点55分，我无意中瞄了下手机，看到晋忠给我微信留言：祁亚轩昨晚去世了！

好一会儿，我才反应过来：脑溢血吗？

不是。自缢。肠癌晚期，不想拖累孩子……

我给刘永华老师发微信，告知此事。这几年里，我和刘老师不多的几次见面，或电话、微信，他都向我打听祁亚轩的情况，我也只能把我所知道的知会于他，仅此而已。

怎么能这样呢？唉，小祁啊小祁……手机那端，刘老师不住地哀叹道。

我亦是无语凝噎。

我们都想去红透山与祁亚轩告别，但晋忠说，已经来不及了，殡仪馆的车已经开走了。

……

红山文学社微信公众号在3月8日和3月9日分别推送了祁亚轩的两篇文章，一篇《发愿》，一篇《镌刻在心底的那个人》，前一篇落款写于2018年故乡小城，后一篇没有落款，但从文章内容看，也应该是近年所写。这，让我感到非常意外。因为二十年来，我一直以为老祁早已不写东西了，因为生活的颠沛，身体的病痛，周遭的氛围，早已使他丧失了写作激情，何况文学在现实社会中原本也没有那么大的吸引力。不仅他，当年那些团结在他身边的文朋诗友，不也大多放下了笔吗？二十年来，我们虽然断断续续接触了不多的几次，虽然不再像当年那样亲密、默契，乃至惺惺相惜，他也知道我一直在做报刊编辑，但他就没有向我透露过一次，他还在写，哪怕偶尔为之，是不是拿出来发表一下？有点儿乱，我好像没有说清楚我的意思。我的意思是，如果老祁还爱着文学，还在创作，如果我知道，我一定会主动和他接触，找回从前的我们，无论从现实生活，还是内心领地，都不会使他一个人在故乡小城，如此孤单和落寞。即便生病，疼痛也会缓解些吧！

这可能也是我的一厢情愿。

或者，这两篇东西真就是他心血来潮之作，就这些，再没写。不得而知。

一切，悔之晚矣。

——打住了，这篇沉重冗长的文字。再过几天，就是清明节了，我可能回到故乡红透山给父母扫墓。但我说不准也去看你——祁哥。或许会联系你的亲人，请他们给我复制你最后的时刻。你的一生。

而今夜，我只想你。

清风明月，自有归期。总有一天，我们会再度相逢。

杯酒人生

今白既爱酒，酒仙得何，须道浊如，勿必求道一斗，醉神为择者传，太白。

——李白《爱酒帖》

一

二十年前吧，我十五六岁，在一个叫作树基沟的小镇读初中。一天放学，家里来了客人，母亲温酒炒菜，父亲陪吃陪喝。那位客人就给我倒了杯酒，说，大小伙子，整一个！

我不知所措，愣在那里，心想这人怎么这样啊。

母亲接过话茬儿说，谁喝酒，咱家四子也不会喝酒啊。他最烦酒和烟了。

四子当然是指我。我在家排行老四，上面有三个哥哥，下面有一个弟弟。我们家没有女孩，都是男孩，清一色。为此，母亲很是悲哀，她希望的贴心小夹袄与她永远失之交臂。

四子要是一个女孩就好了。母亲常常这样感叹。

也许是为了母亲的希望，或性格使然，我的确成长为一个内向、腼腆，甚至有些拘谨的孩子，不像哥哥弟弟那样风风火火，抓把镰刀上山砍柴，拾起锄头下地铲草，而是躲在房前屋后帮母亲默默干活儿，洗衣做饭，喂鸡喂鸭，虽然织毛衣没学会，但绣个门帘、桌布、电视蒙子什么的还是手到擒来。用邻居、发小儿加同学刘波的话说，老四心细，"四丫头"手巧。

那时，我的确是母亲的小夹袄，起码算半个。

这也是母亲说我不会抽烟喝酒的原因。可谁知，我成了今天这个样子。

二

1983 年，我来到一个比树基沟更大的矿山读书——中国有色金属沈阳第二技校。学的是运转专业，但我爱的仍是文学和书画，没日没夜地在宿舍里鼓捣。这在当时，算作另类，因为大多数同学上技校是为了尽早参加工作，走上社会，我虽也未能免俗，但兴趣这东西，总是与你不离不弃，且呈愈演愈烈之势。

为此，我离开学生宿舍，离开那种八个人上下铺一起上学、一起放学、一起打饭、一起玩儿扑克的群居生活——搬到三哥的四人宿舍，宁可与三哥挤在一张床上——三哥在他的床边加了一块木板，安上合页，睡觉时打开，不睡时放下，十分自如。

那时，三哥在读电大，亦喜欢文学。我们白天各自上学，晚上回来一同吃饭、看书和写作，一盏台灯经常亮到深夜，我们为发表一首小诗而欣喜，为买到几本好书而难眠。直到几年后，三哥结婚搬走，将他的床铺全部让给我。现在想来，那是我青春期最好的一段时光。

三

我的技校同学中，有一个叫白雪峰的也就是小峰，他是矿山坐地户。小峰跟我很要好，常来我的宿舍玩儿。他很聪明，但他亦不喜欢运转专业，不甘心将来只当个矿山工人，面对毕业，我们都有一种恐惧感。

也就是这时，我们喝起了酒。

1986 年，不知为什么，市面上时兴起一种汽酒，几毛钱一瓶，喝到嘴里微辣，有些呛嗓子，但也隐含一丝甜味，很对我的胃口。小峰每次来，都要带上几瓶，但他很少喝，他喝白酒，那种塑料袋装的烧刀子酒或高粱酒。其实，他也没有多大酒量。我们喝酒也就是扎堆聊天的一种方式罢了。不然我们干什么呢？

但后来就不同了。后来不仅小峰，同学中的王力、宋宏伟、宫六子等等也常来我的宿舍，这一喝，就不只是汽酒、白酒，而且开始一打一打地买啤酒了，其架势也不同凡响。尤其是高我们一届的司炉班的张晓东（他也是坐地户），也搬到宿舍且与我同住一楼，每每夜晚，他在外面喝高回来或是我们正喝到兴头上时，我们彼此就扔空酒瓶子，吭、吭、吭，炸响整个走廊，惹得他人躲在屋里不敢出来。宿舍管理员常常训斥我们，甚至晚上 10 点钟就关闭电闸锁上大门，到各屋巡查，看看有无外人留宿，包括没领结婚证的同居男女，一律清除。

这样持续了一段时间，技校毕业，各奔东西。之后，我又换了若干工作，去学校当老师，去矿工会当干事，去办公室当秘书，等等。从前那些同学或酒友，除个别的保持联系外，其他人联络就少了，也就是说酒依然喝，只是换了圈子。

那时我常说的一句话是，我将我全部的稿费都用来买书。后来就改成我将我全部的稿费都用来换酒了，且还不够。

四

1989 年春天，我在辽宁文学院青年作家班学习，每周往返一次老家（周六乘坐下午 3 点的火车从沈阳回红透山，周一早上 5 点的火车再去沈阳），多数都是与同学大祝同行，我们住在一个矿山，而且是很好的朋友。记得每次临回家前，中午在文学院食堂吃过饭，我和大祝趁人不注意就揣兜儿里两个口碟，待到下午回家，在站前的小卖部里买些熟食，香肠、花生米、干豆腐卷儿、榨菜、咸菜之类，外加一瓶白酒。因为是始发车，有座，找个靠窗的位置也不难。但我们并不急于吃喝，而是先拿出新买的书和报刊，边看边聊，直至火车驶出站，我们才将酒瓶打开，把酒倒在两个口碟中，将报纸铺在小桌板上，撕开那些装着熟食小菜的塑料袋。

一个多小时后，车到抚顺。上来的人多了，我俩的酒也正好喝完。

后来，文学院学习结束，回到矿上上班，我俩仍然时不时地聚到一块儿。

那时大祝住平房，一间半，除卧室外就是小半间逼仄的厨房了。大祝厨艺好，无论春夏秋冬，他都能随便弄出几个下酒菜，拍黄瓜、爆花生、炖酸菜，特别是炒白菜片和土豆片，色香味俱全，撩拨得客人往往筷子未动，口水先流。

那时喝酒的圈子常常是矿上一帮穷酸文人。除了大祝，还有老祁祁亚轩、冷立平、杨绍义、李景鸿、石晋忠，包括我三哥。大家写小说、诗歌和散文，也写新闻报道。那时祁亚轩是矿报主编，也是第一个在省级刊物发表文学作品的作者，思想激进，颇有青年领袖的意思，身边自然拥趸者众。我们不仅开笔会，办展览，更时不时地搞个郊游什么的，你一个菜，他一瓶酒，一派文艺繁荣的景象。

现在还能想起那个夜晚。那个夜晚雪是突然下起来的，一定。因为起先我们坐在宿舍里开始喝酒的时候，老祁、大祝、三哥和我，丝毫没有感觉到窗外下雪。我们大概是喝了一瓶白酒和几瓶啤酒之后，才发现窗外下雪了。然后谁就提议出去走走，看雪。我们先是沿着宿舍楼后的小路上到黄泥岭，再从岭上的另一条小路下来，顺着山坡下的矿区公路一直往下走，边走边背诵古人和今人的有关雪夜的诗句，不觉就到了团山子老祁家楼门口。

老祁说，进屋吧。

我们说，不了不了，不喝了。

老祁说，不喝，就聊聊天，聊文学。

于是，我们鱼贯而入。在床边的一小块空地，我们坐在小板凳或是干脆坐在一摞书刊上，干聊。老祁爱人假寐在床。屋里烟雾缭绕，半开的房门上，两颗图钉吊着一幅有些怪异的字，那是老祁的墨迹：我行我素。这四个字，可谓老祁的真实写照。

后来，老祁离婚，和情人远赴内蒙古赤峰一个叫大井银铜矿的地方工作和生活，我与大祝也曾去看望过他们一回，自然又是几场大酒。

五

那时我正在矿工会美术组工作，虽然对写作一直充满热情，但相对于书画，可能更倾心于后者。于是，放弃了文学院二年班学习的机会（也是因为没钱），而选择了一个书画函授大学（这个学费低），反正都是成人教育。如此，也算专业对口。

其实，所谓美术组，也就是负责矿党政办公楼前面的两个画廊，每月更新一次，有政治宣传，有基层报道，时不时地还要搞个美术书法摄影比赛，看似清闲，却也热闹。美术组共有三人，一个是搞摄影的孙道友，一个是搞绘画的姜宏连，再就是搞书法的我，既三足鼎立，又相互配合。组长孙道友，不仅片拍得好，酒量也好，只是很少跟我们喝，除非我们请他或是公款——比如办个展览剩下点儿钱。但我和宏连一起喝的次数就较多，毕竟年轻人在一块儿好靠拢。尤其是工作外揽到一点儿活儿，比如给哪个商店、饭店、理发店写个牌匾画个橱窗，给了报酬，也不好意思独自揣进兜儿里，就一起喝个酒。那时，矿区昏暗的街道上，总能看到我和宏连勾肩搭背摇摇晃晃的身影，听到舍我其谁的浪言。

后来美术组又来了位新同事，叫程玉卓。他不喝酒，可他家里有偷接的电炉子（用电量大，被矿山所禁用），天寒地冻的日子，我和宏连就买些酒菜到他家，一边听电炉子哧哧炖菜的声响，一边看老程的油画，还有装置作品——这位钳工出身的美工，后来在鲁迅美术学院学习，其毕业作品被学院收藏。

2000 年，我离开矿工会美术组，到矿劳动服务公司待业青年安置办工作。无疑，这是个肥缺，喝酒的机会也愈来愈多起来。

六

作为"文革"年代生人，这辈子，前十年肯定是废了。那么，接下来的若干十年中，有的人破釜沉舟，亡羊补牢，最终跻身成功者行列。有的人一而再、再而三、三而竭，你强我弱，我弱你强，弹簧一样。我，属于后者。

在矿劳动服务公司工作六年，冶炼厂工作两年，加上 1998 年辞职，到沈阳打工的最初几年，我自谓是一个人的第二个"文革十年"。也就是说，这十年，又被我荒废了，喝废了。这十年，我虽然与大多数同龄人一样，结婚、生子，上班、下班，时不时地还发表点儿东西，参加些展览，屁大的地方，混得像个名人似的，走在路上，点头哈腰握手者时而有之。

举个例子。

某次公司开会，是什么会已经记不清了。会后，公司下属的几个厂的厂长寻到一家饭店，临近下班时给我打电话，要我过去。我也知道，这必是题中应有之义，只是去晚了，坐下来刚想自罚一杯（啤酒），却被一厂长拦阻，说，去，先敬下对桌的那个哥儿们吧！方才人家还打听你来着。于是，我端着酒杯过去，对方也站了起来说，你就是阿远啊！方才我听见你的同事一个劲儿地念叨你，说你怎么还不来呢。一问，果然是你！我问，你怎么知道我啊。对方回答，他在小莱河铁矿工作，是该矿的工会干事，因为订阅了《抚顺晚报》和《抚顺工人报》，便经常看到上面有我的文章，也知道我在这里上班，不承想，竟碰上了！

我请他过去一块儿喝，他婉拒了。毕竟不熟。

他的账，最后被我们的厂长给结了。

厂长说，老弟牛啊！哪儿都能碰到崇拜者（那时还没有粉丝一说）。

我说，又不是女生。来，干杯！

七

在矿劳动服务公司工作的几年中，不仅酒局多，同时也学会了打麻将，不仅晚上打，甚至白天上班没什么事也会悄悄地约上几个人，到谁的家里，或直接在公司二楼的宾馆里开房玩儿（当时公司一楼是饭店，二楼是宾馆，三楼才是办公区）。当然，要在公司领导出门的日子。而公司这些哥儿们，搞点儿什么活动也愿意带上我，这倒不是愿意跟我打麻将，而是愿意和我一起喝酒。比如秋天，单位出车去农村买秋菜，什么铁岭葱、开原蒜、清原郊区大白菜，一圈下来好几天，甚至一周，不仅不用上班，还仿佛旅游一样——这对于我尤具吸引力：卖孩子买猴，就图个玩儿！

不过，往往这时，公司经理总会说，阿远别去了，你去能干啥？一棵白菜也抱不动！

然而，公司工会主席马上帮腔说，去吧，总得有个看堆儿的不是？

一帮兄弟也一阵附和。

于是，一行两三辆141（汽车）从公司门前雄赳赳气昂昂地驶向矿区外，除了司机，谁也不愿意坐驾驶室里，而是抢着争着站在车斗上，任秋风吹打。用现在的话说，那叫一个爽！

其实，买秋菜，确如公司工会主席马述德所言，没什么复杂性，更甭说艰苦。到农村，看好一块地，谈妥价钱，剩下的就由农民自己动手，他们或砍下白菜，或收拢土豆，或捆绑大葱，总之麻溜利索，保质保量，我们除了验秤、付款，基本没什么事，只等晚上的饭局。

因为年年买秋菜，马主席他们早已和这些乡镇上的饭店熟识，甚至一些菜农，都能叫上名来。当我们将满载秋菜的141停在这些饭店的院子里，洗手、上厕所的工夫，那些热气腾腾的饭菜就会端上桌，什么猪肉炖粉条、酸菜烩血肠、大豆腐、小咸菜，不一而足。酒，自然是地方烧酒。哥儿几个甩开膀子，不仅可劲儿造，更有划拳、转勺、唱歌、讲黄段子、猜火柴棍等等游戏，直到脸红耳热，这时，就会邀上老板入座，老板也会垫上两个菜。一次，马主席说，你这饭店也没个名字啊，墙壁更是光秃秃，你知道不？你面前这个小子就是书法家，他可以免费给你写字题匾啊！

老板激动地说，可惜没有准备，不然一定弄块铁板，再买两桶油漆。

马主席说，那个来不及了，你也不用买，这些东西矿上都有，下回我们给你带来。一会儿叫你儿子去小卖店买几张白报纸——估计你们这儿也不会有宣纸——墨汁和毛笔你家有吧？对，就孩子写字课用的那个就行，请我们的书法家给你写几幅，保你蓬荜生辉。

果然，一会儿小男孩买回了白报纸。

老板铺好纸，把墨汁倒在空碗里。刚要写，马主席又端过来一杯酒，只好一口干了。然后写：

李白斗酒诗百篇，长安市上酒家眠。
天子呼来不上船，自称臣是酒中仙。

又写：

兰陵美酒郁金香，玉碗盛来琥珀光。
但使主人能醉客，不知何处是他乡。

马主席亦好书法，自然也要挥上几笔，最后，小饭店的土墙上终于被我们的字贴满了。

若干年后，我离开矿劳动服务公司，据矿上其他单位也曾去那里买过秋菜的朋友说，在那个小饭店里依然还能看到我们的字。

八

前面说过，矿劳动服务公司待业青年安置办是个肥缺，虽然我不是领导，但作为其中一员，仍令人羡慕嫉妒恨。怎奈自己愚钝，既不敢违背原则，徇私舞弊，亦不会吃拿卡要，或明知美人计而将计就计。如此这般，落不得法网，却也落了个好名声，但受益者多又过意不去，四方打探，终于知道斯人喜酒，便往饭店里拉。记得有一次，矿山对附近村民进行征地招工，公司负责岗前培训。时值农忙时节，有些民工就常常逃课，我睁一只眼闭一只眼，只要参加最后的考试就行。结果，几个小子非要合伙请我喝酒，还从村里带来一塑料袋河鱼给我，谁知，等我走出饭店，摇晃着回到家里——河鱼早已不知去向！

也有送酒的，所谓投其所好。不过仅仅一次，且未遂。那是我同学霍绍文妹妹的一位女同学，在我帮了一个什么忙后，人家拎了四瓶酒到我宿舍。那是一个星期天，我还光着膀子赖在被窝儿里，对方放下酒就走，生怕我拒绝的意思（或许还有别的意思）。我自然不便追，只好等霍绍文来，让他把酒退回去。

后来霍绍文说，够哥儿们。

九

我的所谓酒友中，一般可以分作这么几拨儿：一是发小儿，包括部分小学同学。一是单位同事，具体是矿劳动服务公司、矿工会、矿团委和矿党委宣传部的几个人，剩下的就是社会闲杂人员，包括文友。老邱属于后者。

认识老邱，是通过我的小学同学老铁。后者与邱是高中同学，且都是地质勘探101队子弟。他们住的那个居民区，亦称101沟。那时，我们都没有对象，即便长我和老铁两岁的老邱，也没有，我们整天在一起就知道玩儿，或者谈文学。时间长了，邱婶儿着急，因为老邱是长子，他还有两个妹妹一个弟弟，且他们的父亲早逝。

一天，老邱相亲，晚上，我问老邱情况怎样。老邱摇头，说，女方在他家吃了午饭，然后两人待在（老邱的）小屋里，老邱满以为女方会翻翻桌上的文学杂志，或是日记本——那些都是他事先特意摆放上去的。可是女方根本不看。没办法，老邱就叼支烟，望着窗外做沉思状。女方问老邱在想什么，老邱深吸一口烟，说，想那天上的白云为什么总是飘啊飘，多么像人的命运。然后问女方在想什么，女方答，在想晚上吃啥。

老邱对我们说，操！刚吃完午饭，就想着晚上吃啥，一点儿也不懂得浪漫啊！老邱说得对，那是20世纪80年代，文学，还热着呢。不过后来，老邱终于先于我和老铁娶妻生子，女方虽然戴了近视镜，却也不爱好文学。而他们结婚的前一天晚上，我却喝高了。

那时，老铁家已经搬到抚顺市内去住了，为了能赶上老邱的婚礼，他提前一天回到矿上，在老邱家，我们和一些朋友就喝开了，最后在回家的路上，我终于一头栽倒，把左眼眉骨磕出一道口子。朋友们赶紧把我送去医院，外科值班大夫刘姐说，醉酒真好，缝针不用打麻药。刘姐还说，阿远，我愿意在报纸上读到你的文章，而不愿意在医院里看到你的这个样子！

刘姐曾是我家邻居，矿山名医。

其实，在我的酒肉生涯里，这次醉酒还不算最严重的一次，即便是和老铁、老邱喝。比如那次，我和老邱去抚顺看老铁，在老铁家，我和老铁喝了一瓶"榆树大曲"，老邱喝啤酒。一瓶"榆树大曲"喝完，未尽兴，又懒得下楼敲卖店，就索性将我带给老铁爸爸的两瓶"黄鹤楼"打开了。老铁说，反正我爸也不喝酒。最后，两瓶"黄鹤楼"落肚，我也扎在沙发上睡着了。次日得知，那晚老铁下楼，不仅将小区新栽的树苗连拔数棵，还把一对正在楼门洞里谈情说爱的情侣哄散，且美其名曰：三更半夜，不许调戏妇女！

当然，这都是次日老邱说的。但这也不是我和老铁喝得最多最大最高最猛的一次。

十

1990 年，刚过完端午节。一天傍晚，本来我已经吃过晚饭，一个人在宿舍发呆。老铁来说，今天是你的生日，走，请你喝点儿酒。我说，算了，不老不小的过什么生日啊！咱们骑车子出去玩儿吧。他说，好。我去对面楼把我们同学侯刚的自行车借来了。那是一辆坤车，是侯刚给他对象买的。

我则骑着我大哥的自行车：永久 28 式。

那时，矿山人骑自行车傍晚出来玩儿的很多，春风荡漾嘛，反正闲着也是闲着。出矿区，就是苍石乡 202 国道，我们沿着国道西行，边骑边玩儿，不觉就到了沔阳村（毗邻 202 国道边的一个村落），村头正好有一个饭店。老铁说，就这儿了。

我们点了四个菜：红烧鲫鱼、豆芽炒粉、麻辣豆腐、拍黄瓜，又要了两束白酒——不知为什么，那时管装白酒的搪瓷壶叫束，也许因其细高的缘故吧。每束装二两酒。酒菜上来，我俩也不说什么生日快乐，更没有蜡烛，哥儿俩好，就喝呗。这一喝不要紧，最后是每人四束下肚，鲫鱼（加汤）热了又热，时间也已夜半。老板娘见我们喝高，还没有走的意思，先说打烊，再说路远，最后干脆叫来几个社会青年，出来进去的，不时用眼睛看我们。

老铁说算账，不过身上只有二十块钱。

几个青年看看桌上的杯盘，桌下的空啤酒瓶子，居然没吱声——或许，他们知道我俩是附近矿山的，犯不上结仇。

老板娘赶紧说，钱不给都行，只是时间太晚了，担心你俩怎么骑车回去！

老铁起身，穿过厨房，到后院撒了泡尿。

车，我俩肯定是骑不了了，只能推着走。可是，离开饭店没多远，我就连摔几个跟头，不仅28车把被扭歪了，链子也掉了，老铁只好把坤车给我推着（他个子比我高，也较我清醒些），他扛着28车走。最后实在走不动了，我俩索性就坐在路边，而这儿，离矿山还有七八里路呢！此时已是夜里一两点钟了，除了村里狗叫，其余万籁俱寂了。

许久，远处传来汽车行驶的声音。老铁从怀里掏出一把菜刀（去饭店后院撒尿时顺的）站在路中间，挥手。车停了。这是一辆从抚顺拉啤酒开往梅河口的大货车，正顺路。我俩跟司机说明了情况。司机说，行，去推自行车吧。我俩高兴，谁知刚一转身，司机一踩油门，汽车呼啸而去，但没开多远，就听几声脆响——原来大货车甩下两箱啤酒。也许司机没发觉或是发觉了也不想停下。我和老铁却高兴起来，酒，似乎也醒了一半。我们捡起没有摔坏的啤酒，用牙啃开，然后一人坐一个箱子，边喝边骂货车司机。

天无绝人之路，凌晨两点多钟，一个开着拖拉机从清原县城去抚顺上货的大爷，看到我们的情况，立即掉转车头，送我们回矿上。记得当时，我们把独身宿舍120房间所有的人都叫醒了，我和老铁不仅让他们穿着裤衩儿背心，到外面卸拖拉机上的两辆自行车、两个啤酒箱，还要用电热杯给大爷烧水沏茶。

大爷说，小伙子，以后再不能这样喝了。

是的，再不能这样喝了。

端茶给大爷，我发现我左手拇指上的指甲，没了。血已凝固。

十一

北京作家狗子，自称是一个啤酒主义者，也被圈内誉为饭局明星，三天一大醉，五日一小醺，最后无奈，跑廊坊、金华、上海崇明岛暂住。干吗？躲酒！

狗子说，我们不能就他妈这么认了吧？

是的，我也想换换地方，不能这样活。

1998年春天，我给省城某报社的主编东皓打电话，说，我做收发都行，我字写得好，心也细，只要我能天天看着你们上下班，时不时地接触一小下，说句话，我就知足。混熟了，还可以直接给你们投稿，当面请教。东皓说，别贫了，你是我们的老作者了都，来吧。

于是，我辞掉了我在东北最大的一个矿业集团稳定、挣钱，也不乏体面的工作，只身来到沈阳。

当然，我不是第一次来沈阳。1989年春天，我曾在辽宁文学院学习，我的发小儿刘波辽宁大学毕业留校当老师，我也曾无数次地去他那里玩儿，并结交了数位辽大朋友。如果说东皓是我事业上的引领者，那么，刘波以及辽大一帮兄弟，就是我的衣食父母，起码当初是。我不仅可以堂而皇之地住在辽大教师宿舍，吃辽大食堂，还可以自由出入辽大图书馆，看书写作。总之，那是自由快乐的日子，除了想家。

但，进入新的朋友圈，也就进入了新的酒局，谁让咱中国千百年来盛行酒文化呢。

通常，刘波下班要到我的宿舍兜一圈，如果赶上我没吃饭，他也不急着回家的话，他就会带我到校门外的小饭馆改善一下，几瓶啤酒、几盘小菜。如果他有饭局，且大多是我认识的辽大这帮哥儿们的时候，比如老徐、成敏、小宋、胜强、庆功、雪松，他更会带上我，这就不仅仅是改善伙食了，简直就是共产主义生活提前到来。置身酒池肉林，我恨不得立马全部打包带回宿舍，一个人慢慢享用，而一扫往日悲凉。当然，这也只是我的想象，因为大家还没动筷呢，因为饭后，我还要屁颠屁颠地跟着去 K 歌呢，尽管五音不全。

这让我想起狗子，想起米兰·昆德拉，或者马雅可夫斯基的生活状态，即从一个酒杯到另一个酒杯，从一个宴席赴另一个宴席。但我毕竟不是狗子，更不是米兰·昆德拉或马雅可夫斯基，没有人家那么牛逼。自食其力，终是一个人的本分，否则真是垃圾。

后来，我就很少跟刘波他们混酒局了，除非几个老哥儿们。

十二

这些年，或公或私或假公济私，去过一些地方，每到一处，除了游览名山大川外，更愿意会当地朋友。

在北京，我与阿坚、张弛、狗子、高星、蓝石、白脸、孙民等有过几次接触，这些人中尤以和阿坚喝得次数最多，也最好玩儿。

阿坚不喝白酒，只喝啤酒（也许年轻时喝白酒。我认识阿坚虽在十四五年前，但那时，他也不算年轻了），且喜欢玩儿节目，也就是说喝着喝着就不喝了，非要换个什么方式，再喝。比如猜火柴棍、转勺、掰腕子、掷骰子、看手相，或者用饭店的破毛笔在五颜六色的餐巾纸上写诗——把对方的名字或随便说出的一个字（词）嵌进诗里。写得不好，自罚一杯；写得好，对方满意，对方喝一杯。他高兴，也陪着喝一杯。

最好玩儿的是转勺。酒过三巡，菜过五味，将餐桌中央的空盘子、空碗腾出，阿坚从书包里掏出一张皱巴巴的地图，将饭勺放置其上，然后大家轮流转勺，在指示最多的方向中找到一个陌生的地方（往往是某省县城，在座者谁也没有去过），确定下次旅行的目的地。这里的下次，也许是下周下月，也许就是这顿饭完事，大家背包走人，整个一个没谱儿。对，阿坚称之为布朗之旅。

相对于阿坚，狗子一般喝酒比较平静，不动声色，一杯一杯复一杯，颇有太白遗风。当然，这也是在他没有喝高的时候。据说，狗子喝高，最愿意跃上桌子或吧台，朗诵北岛那首著名的诗句（不过是被他篡改了的）：卑鄙是高尚者的墓志铭，高尚是卑鄙者的通行证。

我无缘目睹狗子的这一行为艺术，但我跟狗子喝大那回，也是在北京，新街口的天顺小酒馆。那是我第一次见狗子。我们喝着喝着，狗子忽然说，我们同岁。我说，你咋知道？狗子眯着双眼，望着我的 T 恤。

哦，我的 T 恤上印着一幅奔马图。

脱下，扔过去。

狗子也脱下他的半袖，交换。这事儿我详细记过，收在高星编的那本《狗子的饭局》里。同样详细记过的是张弛来沈阳的饭局，高潮是最后一顿饭，在一家韩式餐馆，酒到酣处，依依不舍。我说，老弛，你明天就别走了，再玩儿一天。他说，车票都买了。我说，买了就撕了呗。他说，你要撕票呀小子！不行，赶紧撤。

后来，这事说给方文兄，方兄说，他们的确是撕过（车）票的。敢情不是我的原创，且还未遂。

十三

2008 年，汶川大地震。我与辽宁大学的宋振军老师去青川与阿

181

坚、狗子、阿拉丁会合。我们一起加入了青川县教育局在北井坝村的救援小组。其实，也没什么事，或者说有很多事，但人家很少给我们分担，我们只是负责登记一些失踪学生名单，偶尔给上报的公文改写通畅一些，为前来赈灾的单位和个人拍照。阿拉丁是画家，帮助画宣传画，写标语。大部分是空闲时间。狗子一声不响，他的折叠床上倒是放了一本书，好像是张中行的随笔集，但也未见狗子翻过。有时，狗子一个人出去转，比如去其他灾民点，或街上。阿坚则经常坐在帐篷外边写诗。

在青川，我们也喝了很多酒，同当地人一样。阿坚说，喝酒是可以压惊的。

只是这种酒喝得有些郁闷、悲楚。

这，当然不同于其他旅途的快意。比如，在丽江古城，对着玉龙雪山品茗；在西陵峡边，望着江水饮啤。往往这时，我还要显摆一番，给远在他乡的亲友群发短信，什么海南女子娇小，从此不再晕高，什么在黄山光明顶想你，云云。有时则是打电话，三更半夜的也不管人家是否洗洗睡了，弄得大家好不生烦。

其实，我最愿意三两知己小酌，清风明月什么的。即便兰亭雅集，也有些闹，最好是米芾与苏轼对饮挥毫那般"薄暮，酒行既终，纸亦书尽，更相易携去"。

十四

终于该结束了，这篇又臭又长断断续续写了很久的文字。用刘波的话说是，文字如酒，适可而止，别一喝（写）起来就磨磨叽叽、没完没了的。是的，最后说说近日的两次大酒，就打住吧：

一次是在冬天，在新宾参加满族冬捕节。其实，什么节对我们来说已经毫无意义，任何活动还不是冲人去的？所以头一天晚上，我和刘波、庆功就从沈阳开车奔向满乡，路上更是电话不断，一会儿问要尽地主之谊的解良阿哥，小鸡炖好没、血肠灌没、烧酒热没？一会儿喊身在清原的作家丁彦、摄影家方伟光二兄，公狗子（雄性林蛙）就别带了，要带就带林妹妹（雌性林蛙）啊！想死我了都。

三个小时后，一群朋友已经迫不及待地坐在了赫图阿拉城下的农家院的饭桌前，正宗满族八大碗，外加不够管添的酸菜汤、大煎饼、大葱、大酱，不一而足。解阿哥高兴，讲了知青点若干逸事及在呼伦贝尔当兵时的故事，一次上面通知：首长要来视察，没什么可招待的，厨师长就说吃鱼吧，让当兵的去砸冰窟窿，费了半天劲儿才弄上来一条鲤子，回到食堂，又听说首长不来了！于是，索性几个兄弟自己炖着吃了。

那天儿，贼冷。解阿哥说。

得知解阿哥军旅出身，丁兄就说，我也讲个与革命有关的故事吧，据地方史料记载——东北沦陷时期，辽宁涌现出了诸多抗日队伍，这些抗日队伍都是名垂青史的忠义之师。因此，百姓纷纷送子参军，送夫上前线。当时流行这样一首民间小调《参军上战场》。

说完，丁兄哼唱道：

参军上战场，杀敌立大功。为妻在后方，生产把田耕，一家老少都光荣。

参军上战场，政府发服装。军衣和大氅，披在你身上，避风防寒有保障。

参军上战场，上级发武装。子弹和大枪，背在你身上，冲锋打仗有力量。

参军上战场，勇敢又顽强。活捉反动派，打败狗豺狼，革命成功回家乡。

丁兄说，其实歌词原来最后一句是，活捉蒋介石，打败美国狼，革命成功回家乡。这最后一句被丁兄改了。我说，改得好，这样就更加全面了。不过为了革命胜利，我们就要全民皆兵，星星之火可以燎原。刘波说，你就嘴好，全民皆兵你怎么不去啊！你个儿虽矮点儿，也可以当个文艺兵嘛。

第二次喝大酒，是近日和同事郭锐去长春组稿。本来到地儿那晚就没少整——于德北、老丑、怡明和我俩，五个人中，怡明开车、老丑老病不能喝酒外，就剩德北、郭锐和我了，就这样居然也将老丑带来的两瓶酒喝掉，又干了数瓶啤酒。喝完酒，德北说，这还是在他痛风的情况下呢！我靠！更有甚者是次日早上，本来我们想睡个懒觉，然后打道回府。蒙眬中却听咣咣敲门声，随即一个公鸭嗓喊道，阿远先生，请开门！我是于德北。

大作家叫早，想不起来也不行了。郭锐说。更让郭锐无奈的是，于德北打车带我们去他单位附近的一个早餐点，包子、咸菜、米粥上来后，居然又启了三瓶啤酒，然后是六瓶、九瓶。然后是老丑来了，然后是于德北手机响——怡明说，我们就在不远处，来吧，大餐。

结果，如你所知。

火车站，小姐姐和我

壬寅年腊月廿五，我与内弟回老家树基沟给长辈上坟，驱车过北三家后岭。我说，去火车站看看吧！十几年了，数次路过也未着意去看。

内弟把车掉了头。

还是那个不大的广场（如果叫作广场的话），一趟红砖色墙面、下刷灰蓝色墙围的起脊房，屋顶镶蓝瓦，窗边嵌白砖，两棵与房檐齐高的柳树立在中间窗户的两旁，如果不注意，挂在窗眉上的"北三家"三个金色行楷字很难被看到——这俨然不是从前的样子了。从前，站名下面是有一个门的，进去买票，出来走右侧房头的检票口就可以到月台上候车。如今，售票室的门已封，进站口的铁栏杆也上了锁。

有人在广场边扫雪，问之，回说，客运已停——现在谁还坐火车出门呢。汽车四通八达，方便得很。

有道理。

透过铁栏杆，月台上空空如也。"那些好看的树都没有了。"内弟说。

北三家车站是1927年由张作霖斥资修建、同年投入使用的四等站，与沈吉线上大多数车站一样，始建时都是土黄色日俄式建筑，小站多为一层起脊房，县市级大站则是二层或多层楼房，站台上植有五六棵糖槭树，夏日婆娑多姿，冬日屈曲盘旋，多少年来成为旅人眼中的一道风景。

185

北三家乡树基沟村，原本只有几户或十几户人家散落在大山深处，后因沟里发现铜矿，才逐渐形成村落，及至 20 世纪六七十年代——也就是我和内弟出生的年代，成为红极一时的矿山小镇。那时，矿山有客货专线直通北三家，两条窄窄的铁轨穿过北三家后岭隧道，停在半山腰上。如果是货车，就将车斗里的矿石、木材翻倒到山下，再连上与沈吉线接轨的货车，驶往清原选矿厂、沈阳冶炼厂。乘坐客车的人们，则是沿着一条 Z 形小路逶迤而下，奔往不远处的火车站或北三家乡。

那时的北三家在行政属性上还不叫乡，而叫公社。

北三家最热闹的地方就是站前街，也就是我们这些从树基沟矿山来的人，过火车道后必经的十字街。其实，这里也未必就有我们的镇上繁华（那时，好像还不用这个词），别说饭馆、澡堂、理发店了，就是学校、粮站、电影院、供销社，这里有，我们镇上也有。之所以来这里，一是矿山人去上级单位红透山矿办事，或是清原县城、抚顺、沈阳，北三家都是必经之地。还有就是，北三家公社农副产品比我们镇上丰富，毕竟是人民公社，油坊、铁匠铺、废品收购站、山货收购站乃至大一些的市集，我们那里就没有。

从树基沟通往北三家除了矿山专用铁路线外，还有一条公路，我们叫大道。

父亲虽然是矿山工人，但因家里人口多，工余时间，总要开荒种地贴补家用。打下的粮食吃不了就拿出去卖，尤其是大豆，不仅可以换豆腐吃，还可以到北三家油坊榨油。这时，就要拉上带车子走大道。

记忆中，我和弟弟是跟随父亲去过几次的。

秋日里，毒辣辣的太阳照得大道明晃晃、白茫茫，父亲在前面拉着带车子，我和弟弟在后面推扶着。二十多里路，即便平坦，徒步行走亦很辛苦。尤其是过北三家后岭，长长的上坡，不滚落一身汗珠是难以翻过去的。而下坡，父亲和我们则要用力搂着带车子，如此更难把握，一失手，注定狂奔，最终翻进路旁的壕沟里。

其实，我和弟弟跟父亲拉车去北三家，我们也帮不了多少忙。因为那时我们还小。我们之所以愿意去，是等油坊榨油的工夫，可以到街上转转，甚至是去杨叔家玩儿。杨叔是父亲的同事，也是老乡，他们都是树基沟建矿初期一起从老家海城应召来的，只不过杨叔家安在了北三家。杨叔家有几个孩子，我现在已经记不清了，但一定不比我家少，一定有几个我该叫作哥哥的。我能够清楚记得的是，他家有一个女孩叫小莉，和我三哥年龄相仿，我和弟弟叫她小姐姐。

发源于清原湾甸子滚马岭的浑河贯穿北三家全境，亦从杨叔家的门前流过。如果是夏天，杨叔家的哥哥就会带我们去河里捞蛤蜊。我不会游泳，就在岸上看他们一次次扎进水里，再一次次地冒出来，不久就会捞出一大筐，然后拿回家煮着吃。蛤蜊的肉很肥，虽然吃起来常有沙子硌牙，也有一股土腥味儿弥漫齿间，但仍是我们矿山人难见的美食。尤其剥下来的蛤蜊壳，放在花盆或水盆里颇为好看，大一些的还可以当作化妆品盒，被女孩子们所青睐。

杨叔家的小姐姐就有这样一个化妆品盒，上面的纹路十分清晰。

我家没有女孩，或者说曾经有过两个，但都不幸夭折了。如此，母亲就十分喜爱杨叔家的小莉，常和杨婶儿说，等我家小三长大了就娶小莉做媳妇，这话羞得小莉红着脸，手拿化妆品盒——确切地说是蛤蜊壳，跑出屋去。

当然这只是母亲的美意。其时，小莉在北三家上学，三哥在树基沟上学，长大后的事情谁知道呢。

记得有一年暑假，小莉跟杨婶儿来我们家串门。我白天帮家里干活儿，晚上仍然是拧亮台灯画画儿（那时，我正学画）。小莉坐在我身边观看。时间晚了，杨婶儿就叫她上炕睡觉。炕，她是上去了，但仍然不肯睡，而是趴在枕头上继续看我。其时，屋里的灯已经关了，只有地桌上的台灯散发出橘黄色的光。她哪里能看清我的画呢！待大人们的鼾声响起时，她竟又悄悄地下地，附在我的耳边说，小弟，姐好看不？

好看。

那你画画姐呗！

怎么画？

我就坐在这里，你画。

不行，得有照片。

好吧，小屁孩，下次来带给你。说完，一条影子闪进了被窝儿，连同一缕淡淡的香……

后来，小莉再没来，我也没有去她家。也没有看到她的照片。听说她初中毕业，就去北三家供销社当营业员了。

1983 年，我考上中国有色金属沈阳第二技校，也就是后来的红透山矿技校，开始和哥哥们一起通勤：每周一早上，乘坐 5 点的火车，从树基沟到北三家，然后换乘沈吉线的客车，到苍石站下车，再转乘红透山矿的小火车去上学。周六的晚上，从红透山乘坐 7 点的小火车，返回树基沟，每每到家已是九十点钟了。这种通勤生活持续了很久，直到毕业工作，结婚成家，直到父母从树基沟搬到我们身边来。所以，我把树基沟称作故乡，或是老家，尽管那里现在已经再无任何亲人，但我还是把红透山视为第二故乡。

当然，这是后话。

我要说的其实是如下两件事情：

第一件事是逃票。

那时乘坐红透山、树基沟的通勤车一般是不用买票的，买也是 1 角或 2 角的票。时间长了，售票员熟悉了，也就睁一只眼闭一只眼过去了。但沈吉线上的列车却不行，人家可不管你是不是通勤职工呢，乘车买票，天经地义。而那时工资少，每月搭在铁路上的钱总是心有不甘，于是，就想着办法逃票。

从苍石到北三家站，总共运行不过 45 分钟，中间还有一站叫南口前站。那时，虽然也是凭票进站，但因为苍石和北三家都有矿山专用线衔接，车站月台长，围栏也不是很严密，旅客完全可以从专用线上直接进入月台，人多，加上停靠时间短，有意无意地蜂拥着也就上车了。如果车上不查票，两站地很快就到。但时间久了，列车员发现这一情况，所以列车往往一过南口前站，就爱查票。这时，一半靠运气，一半就靠勇气了。前者好理解，遇到乘务员验票就说上厕所或找人，票在另一节车厢的同伴手里等等，也许就能蒙混过关。后者一般是狐假虎威，顾左右而言他，趁着人多挤过去，甚至在上车前故意多喝了酒，乘务员也就懒得和你理论——当然，这也要看是男乘务员还是女乘务员，如果遇到乘警，遇到稽查，不仅要补票，态度不好还会被罚款。有机灵者，趁着人少，或在车厢连接处，将随身携带的土特产塞给对方一些，后者假装拒绝，没人注意的时候也就半推半就了。如此，下次再碰到，非但不问票，甚至还热情地打声招呼。实在不行，就谎称是从南口前站上的车，少补一站票。

现在想来，这种情况肯定不是少数。那时人穷，省票钱，不只在短途车，就是长途车也是屡见不鲜。

第二件事是打架。

如前所述，树基沟（包括红透山）是矿山，北三家是公社，或曰乡镇。虽然唇齿相依，却有着本质的区别，天长日久，难免龃龉。也往往一人结怨，伤及无辜，而彼此又都抱团儿，所以打群架也是常有的事。

打架一般也不在车站内，而是在出站口，北三家一帮青年猫在站前广场的黑影里，等待目标。树基沟一方一般也都有防备，下车后结伴而行，往往随身的背包里也装了菜刀、石头、砖块，一旦打起来，也是采取迅雷不及掩耳之势，即打倒对方一二后，迅速撤离，沿着街道或铁道向后岭上的小火车站跑。有时边跑边打，打着打着见对方的人没了，以为不敢追了呢，不承想，在铁道口——矿山与地方的分界线，却遭遇了伏击。不过双方无论胜败，北三家人是决不过界的，只是撂下狠话：你们等着！

待一伙人上得山来，借着小火车车厢里的灯光，十有八九会看到谁头破血流了，谁眼青鼻肿了，又谁谁衣裤撕烂了、鞋帽跑丢了。这似乎也是轻的，重者直接被抬到北三家医院或县城医院也说不定，而树基沟那辆晃晃悠悠的小火车总是等待人齐了，才发车——呜！呜呜……轰！隆隆……穿过漆黑的隧道，穿过黑暗之夜。

写到这里，我忽然想起北三家的一位旧友，叫魏德亮。他是我初中一位同学的朋友，因为也喜欢书画，我这位同学就引荐了我们认识。记得魏德亮曾来过树基沟几次，也到过我家，看我写的字、画的画，评论一番后再吃喝一顿。对了，他还强行摘走我家墙上的一幅画，说是喜欢，要收藏。那是我当时最为满意的一幅临摹作品，是著名国画家郭西河先生的荷花图。

——当然，这些都是过去的事情了。

随着树基沟矿产资源的逐渐枯竭，大部分工人都转到红透山矿了，树基沟也早已由镇变街，由街变村，回到它的初始状态。而与之密切相关的北三家公社，自然又叫作乡镇了。无疑这是时代使然。如今，北三家车站，客运已停，就是货运据说每天也只有两趟。作为交通要道，它依然伫立在那里，那个长长的月台，依然带给我们无尽的缅想和向往，用现在流行的话说，就是诗和远方吧！

清原记

君自故乡来，

应知故乡事。

来日绮窗前，

寒梅著花未？

——王维《杂诗三首·其二》

一

辛丑年正月初七，传说中的人日子。与家人、朋友从老家红透山矿去清原滑雪，雪场在县城附近的一个叫作玉龙溪的地方。据说，那里是一个森林公园，县城，乃至周边的居民，一年四季都要来这里旅旅游。

我是第一次来。

其实对于滑雪，我并不怎样感兴趣。我家附近，沈阳棋盘山就有一个著名的滑雪场。远点儿的，我也去哈尔滨二龙山玩儿过——也只能说是玩儿过，虽然滑雪板、滑雪杖、滑雪靴、滑雪装、滑雪蜡、盔形帽、有色镜、防风镜、各种固定器等装备一应俱全，但毕竟不是专业选手。玩儿，才妥帖。不过，我喜欢山啊！尤其是在这无所事事的正月，能和冰雪来一次切肤之亲，仰望几眼蓝天白云和高拔的松树，让清冽的风刷一刷脸，的确是一件惬意的事情。

我这样说，似乎有些矫情。

事实上，玉龙溪滑雪场也不是专业的地儿，仅有的几条长短不一的雪道，利用山沟沟的自然状貌，龙走蛇行，人们坐着统一发放的橡胶圈，或闭眼或尖叫地一次次往来穿梭，倒也乐此不疲，尤其是那些孩子们。

我弄了两回之后，就溜边晒太阳了。

我的妻子黄毛静说，去县城姑姑家吧。

我说，好。

二

大约三十年前，我在红透山矿工作时，经常和黄毛静去南口前镇玩儿，她姑姑、姑父家住在那里。他们夫妻俩都是粮库职工，改革开放初期，两口子主动离职经商，上广东，下海南，倒腾服装、手表、电器，甚至汽车，一年出去几次，赔赚都有。不出去时，就在镇上开商店、饭店，黄毛静经常去帮忙。那时，我和黄毛静刚认识，为了显示我的"外干中强"，我就主动要求给她姑姑的门店写牌匾。我从矿山拿了两块铁板，一横一竖，分别刷了红、黄、蓝三色油漆，蓝色刷底，黄色勾边，红色写字，字是彼时流行的综艺体。写好，晒干，挂于店面正上方和门前的电线杆上，路过者都能看到。于是，温酒炒菜，亲如一家。

黄毛静说，润笔费就免了吧？

我说，当然，你的姑姑、姑父不就是我的姑姑、姑父嘛！

其实，黄毛静的姑父我早就听说过。我的一个初中同学，因为当时是农村户口，升高中时，矿里的学校不接收，他就只好转到南口前镇念高中。问他这边的情况，他说，挺乱的。1983年严打那会儿，一次他和同学坐在镇里的桥头上玩儿，县公安局的警车突然呼啸而至，几个正在街上溜达的小子，顿时慌作一团。只有一个有些跛脚的汉子，见势不妙，手搭两米多高的院墙一跃而过，杳无踪影。这，让他和身边的同学艳羡不已。

没错，这个逃离者就是黄毛静的姑父。

多年之后，我和姑父（我也当这么叫吧？）在一起喝酒的时候，提起这事。姑父说，他也记不清了，反正那时镇上的青年找不到工作，不是聚众赌博，就是打架斗殴，够作的。

2013年8月16日，清原地区发生特大洪涝灾害，南口前镇尤为严重。黄毛静在电视里看到这一消息，立即给姑姑打电话。先前接通了，说是居民都已转移。再打，就联系不上了，弄得我们焦急不安。次日，当我委托县城的朋友去水灾现场探望时，得知住在河边的姑姑家，房屋被淹，轿车、家具、家电全部被洪水卷走。夜里，最后一个撤离的姑父，从水中先后拉起七八个邻居后，才独自爬上谁家的房顶……姑父的身手，包括胆识，再一次得到了印证。

如今，姑姑、姑父早已在县城买了房，换了车。两个孩子，一个在读研究生，一个在开幼儿园，可谓家庭幸福，事业有成。

这可能也是我和黄毛静，每次回乡，都愿意去他家玩儿的一个原因。

三

辽宁清原，地处辽宁东部山区，被称作辽宁的东大门，属于两省四市七县交界地带。清原是一个满族自治县。和新宾、桓仁一样。

1997年秋天，小说家狗子来桓仁转了一圈，写了一篇文章，收在他近年出版的《放风》一书中。他说（大意），说到满族的特征，在桓仁的那几天，我个人似乎有点儿小感触，不知靠谱儿不靠谱儿，就是，无论是宾馆一楼餐厅还是街头饭馆，给我们端菜的女服务员，无论胖瘦美丑，无论姑娘大妈，眉宇间都透着点儿慈禧太后的风韵，或者干脆点儿说长得都有点儿像慈禧……狗子还问我，这样说没有贬义吧？我说，当然没有，慈禧也不能就说是绝对的坏人呀。

清原这个生我养我的地方，离东北经济中心越来越远了，虽然东北这旮旯儿，哪儿哪儿都差不多。不过，据说，清原在前几年就摘下了贫困县的帽子。这很好。

有些饶舌了，打住。

四

现在想来，我第一次去清原县城，是读初一的时候。暑假期间，我陪母亲去县城弹棉花——就是将家里的旧被褥、旧棉衣棉裤拆下来，把里面的棉花拿到棉花铺重新加工。母亲让我跟着去，除了可以帮她背那个大大的包袱外，也因为我没有去过县城，现在正好有时间。

这真是个美差。

我们把旧棉花送到棉花铺，要几天后才能取，母亲说，她去我姨的二女儿家，等棉花弹好她再回。我呢，先回。因为距开车的时间还有一个多小时，我就去了县城里唯一的新华书店。记得那时的书店在火车站前不远的正街上，一趟平房或楼房的一层，不大，书也不是很多，可在我当时的眼里却感到琳琅满目，丰富多彩。遗憾的是想买的书太多，兜儿里的钱太少。我只好选了一本《徐悲鸿素描》、一本《泰戈尔诗选》，加在一起五块多钱。现在，这两本书都已经找不到了。

出书店，去火车站的路上，我突然想到，母亲留给我的车票钱所剩无几了。怎么办？只有逃票了。好在那时的火车站检票口不是很严。上车后，见列车员查票，就连窜了几节车厢。最终蒙混过关。

1986年，我参加工作，买书有了条件，也有了自主权。这时，去县里不仅买书，还结识了一些文化界人士，比如写小说的吕道义，写诗歌的生晓霞，编县报副刊的孙志章，搞民间收藏的张贵洲，一起读中国书画函授大学的高晏，一起读辽宁文学院的丑跃旭、赵大地等。印象最深的是参加县文联主办的满族风情书画展，我的篆刻作品获得一等奖，为红透山矿在地方上赢得了荣誉。

但这似乎也算不了什么。不值一提。

我想说的是，我的一位患小儿麻痹症、双腿残疾的文友，叫吴景芳。他原本住在红透山矿苍石火车站旁。不知为什么，有那么几年，他家搬到了清原铁北街。那时，我正在矿劳动服务公司安置办工作，负责全矿待业青年就业。建于清原铁北的胶丸厂的那些集体工人就是我们给招上来的，所以我经常有机会去那里办事。在与吴景芳失联了一段时间后，我终于找到了他。现在我还记得那天下午，当我和胶丸厂领导喝完酒，办公室主任陪我红光满面地去找吴景芳时，没走多远，就见他全身陷在轮椅里，双手推撑着车圈，一下，一下……向我们驶来。两棵不大不小的柳树，垂立在他身后的路旁，落满煤灰和尘土。

阳光很亮，有些睁不开眼。

我问他，还写诗吗？

他说，早就不写了。

他问我，你呢？

我说，我现在只剩下喝酒了……

五

辽宁卫视《第一时间》栏目，每天在播放全省天气预报后，总要展示一幅地方摄影作品，大多为风光照片。姑父说，一年三百六十五天，有五分之一的天数，展示的是有关清原的照片。而拍摄者隋晓东是他的朋友。这让我有些惊讶（我不常看电视）。

我说，咱清原还有这样的人才？敢情，这是给家乡做的最好的免费广告啊！虽然我知道，照片与实景往往也是相去甚远。

姑父说，反正你也不打麻将，不如出去转转。这几年，清原县城变化很大，尤其是浑河两岸的绿化亮化，每到夜晚，就算赶不上珠江、黄浦江，也不比你们沈阳差。而建在北山的青云寺，更是十分壮观，值得一游。

青云寺？我以前怎么没听说过呢。好吧，一游。

驱车过浑河北岸，过居民区，再过铁道，就是北山。如果从浑河南岸看，北山有三座山峰，据说中间的叫珍珠峰，左右则称青龙峰和白虎峰。青云寺就坐落在珍珠峰下，其建筑风格为仿宫殿式的，有三层殿堂，即前殿天王殿、中殿大雄宝殿和后殿藏经阁，另有钟楼、鼓楼、寮房、禅房、讲经堂、往生堂、斋堂等，观世音、弥勒佛、韦陀等伫立其间，只是我来的时候，不知是因为新冠疫情还是过节，大雄宝殿和藏经阁都已关闭，也不见什么游人。

青云寺始建于北魏，寺中有彩绘佛像、各种法器等，香火旺盛，是方圆百里名望较高的寺庙。值得一提的是，几年前，我陪旅行作家阿坚来清原探访浑河源头时，还不知道有青云寺，也不知道与阿坚有一拼的行吟诗人乾隆曾在这里赋过诗，如果知道，说不定阿坚也会酬和一首呢。

穿过山门，径直往左侧的山腰而去，那里有一座六和塔，站在塔下，透过松林，可俯瞰大半个清原县城，穿城而过的铁路、公路和白雪覆盖的浑河依稀可见。远处群山逶迤，阳光朗照。

这是我第一次，恐怕也是最后一次这般审视这个与我有些关联的城。

亲近，又陌生。

下山时，一个年轻人迎面走来，拖着一口生硬的京腔，问姑父，叔，山上人多吗？

姑父看了看他，皱着眉头，没吱声。

年轻人讪讪而过。

姑父气愤地对我说，小年轻的，出去没几天，竟都不会东北话了！

我说，你们认识？

姑父说，认识，这小子在北京打工呢。

我忽然想起贺知章的那句诗"少小离家老大回，乡音无改鬓毛衰"。这小子，听口音似乎忘了来处。

六

沿北山脚下的步道走二十分钟，右转，就是铁北街了。

姑父去取车。我一个人瞎转。

如今铁北街已不是当年的样子了。街上新建了不少仿清楼房、菜市场、篮球场、休闲广场，甚至有两座天主教堂紧挨着，还有一个救助站。当年的胶丸厂、选矿厂的具体位置已是模棱两可，吴景芳家那片居民区更是踪迹难觅，倒是一座三层的废弃红砖楼还在，估计是选矿厂或是胶丸厂的遗留……算了，我也不是非得找回什么记忆。

过铁道，左转不远处，是客运站和火车站。客运站就不说了，火车站倒是颇有些来历，但也不是原来的面貌了。

清原火车站始建于 1927 年。1931 年，九一八事变后，该站被日本侵略者占领。几年里，日本侵略者先后修建和扩建了站舍、货物仓库。站舍包括候车室、客运室、售票室、运转室、站长室等，也就是我们后来看到的那栋错落有致的黄色东洋小楼。这样的体式在东北铁路沿线多处可见，比如我所知道的苍石站、南口前站、北三家站。中华人民共和国成立后，这里又增设了矿专线，为清原金铜矿及红透山选矿厂所用。

2007 年，清原站再次进行站舍改造，拆除了原来的东洋小楼，候车室外增设了候车贵宾室和防雨雪进出口，火车站全部实现了亮化、绿化、硬化、美化，站前广场也扩大了若干，整个建筑外墙都改成了青灰色，说是这样才有满乡风韵。可我真就没有看出来满乡风韵在哪儿。作为历史遗迹，难道不需要保护起来？即使改造，也只做技术上的处理，修旧如旧。我不知道，整条沈吉线上有多少这样的车站，但我相信不会有几个被如此改造得面目皆非。有机会，真想去沿线看看。这也让我不禁想到，同样是辽东满族自治县，桓仁就有民俗博物馆、五女山博物馆、东北抗日义勇军纪念馆、李秋实纪念馆四馆之多，而此地，已经开工的博物馆，几年了，还只是一个钢筋水泥的骨架立在那里。

看来，保护与发展，在某些地区还是一个悖论？

没到车站细看，只在马路上对着它拍了一张照片，然后左拐右拐，就看到了新华书店的几个红色镂空大字，高高地立在楼顶。台阶上有一个小门，可以进去。

只有二楼在卖书。

店员是两个中年妇女：一个在拖地，一个在擦柜台玻璃。一个小女孩和她的妈妈在找一本教辅书，找到了，并未买，说是回家网购。网购便宜。

大致浏览了下文学类图书，不多。与我有过联系的作家中，只有迟子建、王剑冰、徐迅、张宗子几位老师的书，单本或合集。店员问我，需要什么书？我说，随便看看，并问她们认识高晏不？他原是书店的办公室主任或工会主席，书法写得好。店员说，不认识。我想想又说，可能退休了吧。

七

中午，在街边饭馆吃了一碗兰州拉面。出门，见1路公交车站，终点瓦窑。这不是姨家二姐住的村子吗？以前我不止一次地去过那里，和父母，和兄弟，去二姐家串门。回来时，如果能搭上矿里的汽车，还会在附近的陶瓷厂买几个花盆或水缸，用稻草绳捆绑着放在后车厢里，人也一路扶着，生怕损坏。所谓瓦窑，也是因为有陶瓷厂而得名。

如今，姨家二姐已经多年没有联系了，据说她已经搬到抚顺市内去住了。

摸出1元钱硬币，上车。

工商银行、社会保障局、金发商厦、新世纪、客运站、火车站、宏光医院、金台北苑、石油公司、热电厂、五里庙、第二高中、小修队、清香源酒厂、春华饭店、自来水厂、瓦窑，十七站，三十多分钟的车程。乘客不多，都戴着口罩，到第二高中，就只剩下我和司机两个人了。司机问我，到哪儿下？我说，瓦窑。他说，你可以随时下的，这是郊区，不一定非得到站点才能下。

司机又问，走亲戚吗？

我答非所问地说，瓦窑村口那棵大榆树还在吧？

在呀，我把车给你往前开一点儿，你从高速桥下穿过去就能看见。

……

也许是小时候看什么都觉得高大吧，今天再看这棵大榆树，仿佛还是从前的样子，树身两三人围拢不来，四处伸展的枝条在蓝天的映衬下，如同一幅木刻黑白版画，庄重、宁静、安详。所谓神树，大抵就是这个样子吧。

树旁有一座灰色仿古建筑，卷帘门紧闭，上悬的匾额黑底绿字篆书：众妙之门。旁有竖牌：清原镇三清道家文化用品综合商店。大榆树后面的村子静悄悄的，我待的二十多分钟里，只有两三人出入。一位老者见我拍照，就凑前搭讪道，这树起码有三四百年啦！自己是这个村子的老户，今年七十一岁。我从记事时起，这树就这么大了。前几年，部分树冠枝丫受了病，夏天不见绿，村人认为是附近一家烧酒坊气味太浓熏的，后酒坊关闭，果然大榆树又长出了新叶。

我说，我以前来过这里。那时还没有这条高速公路，村子周围都是田地，十分敞亮。不论从哪个方向来，老远都能看见这棵大榆树，像一团云朵飘在半空之中。

是啊！现在一出村口，就是这道高速梁子，哪儿也瞅不出去，让人憋得慌。

老人叹了口气，背着手踱回村里。

"一切坚固的东西都将烟消云散。"

是为记。

代跋：东北人老程

阿占

"我的故乡在树基沟。那个地方的历史我并不太了解，只知道它原先是一个矿山，小日本开采的，出铜、金子还有锌。后来，日本人逃走了，我爸来了，和工人阶级一起开山劈石，当家做主，这里遂成为一个镇，有着几千人口……"

老程长得像南方人，文气、清秀，不高也不壮，其形象与时不时冒出来的东北大碴子口音多有不搭。

树基沟在辽东山区腹地。如果自动缩放这张地图，树基沟所在的位置是这样的——辽东山区有个抚顺市，浑河穿城而过，再往东，有个小镇叫红透山，红透山有个金属矿，金属矿所在的村子叫苍石，几十里外的另一个村子叫树基沟。至此，终于找到了老程的出生地。

老程兄弟五个。原本他还有两个姐姐，可惜都夭折了。他大哥、二哥生于海城，树基沟矿招工时，他们的父亲从海城赶到树基沟，几年后，他们的母亲也带着老程的大哥、二哥投奔而来，随后便有了老程的三哥、老程及其幺弟。他们的父亲上班有工资，他们的母亲持家，竟也供了五个读书的男儿，莫不英英武武，本本分分。

老程童年生活的小镇，白日里，工人下井，农民下地，一条街只散

201

落着顽皮的孩子。依老程的体格，他应是跟屁虫；依老程的机灵古怪，他又成了头领。

无论是跟屁虫还是领头羊，游戏只能在傍晚戛然而止，因为收了工、吃过晚饭的大人们开始走出家门，来到镇上的广场，痴痴地望向道路的尽头并茫然于汽车卷起的尘土，又或是把耳朵献给挂在电线杆上的喇叭，那里会传来是否播放电影的消息——这两种有形或无形的"远方"将孩子们震慑住了，他们忽然发觉镇子里的游戏再激烈再热闹也正在失去吸引力。

1986年，二十岁的老程从技校毕业，不出意外地分配到了矿上。"我的专业是运转，确切地说是在井塔八楼开卷扬机，负责井下工人及物料的升降，时为矿山八大技术工种之一，其责任重于泰山。"可是，老程总出不了徒，他的脑袋里塞满了各种小说情节，怎么还能装得下数字程序。这可不是闹着玩儿的。师傅着急，急也没办法，只好死盯着他，真费劲儿啊。

"1995年初，历时一年的冶炼厂基建工作完成了，矿部召集各类人才投身冶炼厂。尽管我是外行，但如你所知，任何一个国企也离不开政工人员，何况我不谦虚地说，我能写会画，正值青年，被调到冶炼厂也是理所当然的事。虽然我只在那里干了两年。如今想来，熔炼车间、制酸车间、设备车间里的标语、口号，那些围墙、车库、食堂、门卫乃至机关大楼中的门牌，还依稀可见我的笔迹，矿区的广播喇叭、电视荧屏、画廊里似乎还有我当年的声音和身影。那也算个火红的年代吧，尽管我并不怎样热爱。"

老程热爱的是远方。他不知足，娶了村花为妻，生个女儿也是倾国倾城，但关于远方的想象从未被耽搁。远方是随着他的骨头、他的肌肉一起生长的，后来干脆随着他的心智一起生长，这样一来就没边儿了，老程根本管不住自己了。

1998 年，老程辞职，怀揣着在矿山时代练就的文学、书法、篆刻、摄影等手艺——就像华山派揣着紫霞神功、全真七子揣着宝剑，心高气盛地来到沈阳，几经辗转，成为一名报刊编辑。

残酷就残酷在这"几经辗转"上。能轻松地说出来的，都是局外人。估计老程自己也不愿意承认曾经的失重感——脚下的基座似乎被抽空，整个人沦陷到虚无里。几经辗转，雁过寒潭，了无痕迹，既美又暴力。

2012 年春天，我认识老程的时候，他已经是文艺界的老江湖了，在对峙的张力中，没有仇恨，没有积怨，只剩善良与忠诚。纸媒江河日下，他却照样能把一本南航机上读物《航空画报》办得风生水起，深具文艺情怀，满布大地风物，网罗天下英雄。我们亦是相识于此。他为杂志寻找插画师的时候，通过微博关注到我，随后友好地发纸条，行事相当专业，足见他人品之端庄，因此，很快我们就成了未谋面的朋友。

2014 年夏天，老程带上家里"二美"到青岛消夏。他美丽的妻子与美丽的女儿，终于眼见为实。

我假装热情地接待了他们。说实话，我非常不习惯人与人之间的密切往来，就像我写作时寻求寒意凛冽的笔一样，人情上我寻求平淡如水。

但老程不是。他觉得人间流徙，唯朋友肝胆相照。他是这么做的，他以为我也会打心里愿意这么做。

后来，我真的决定这么做了，完全是受了老程的影响。

著名作家于德北曾经写了一首诗，我想，这首诗，可以代表老程所有朋友的心声——《致程远：人生总有远大前程》：

远子

我用我的爱向你致敬

致你心底的纯善

敬你虽瘦小却刚直的热烈

我常想那一年

我醉酒在你的领域

你像一个高贵的酋长

用你唯有的贫穷为我疗伤

你用红楼一梦

化解了我情感的三国演义

你用西游笔记

为我的水浒之行作传

你又用一九九三年的风暴

横扫我的柔弱

让我在热爱生命的甲板上

完成了千纸鹤夙愿

远子

我们之间有三百公里的思念

但我们的血性

从未背叛远东男子的称谓

程程皆有守诺

远而不相背离

不屑蝇苟

正对真心

这些年，以文艺之名，老程喝下了大江南北无数朋友的酒。

在东北与袁炳发、于德北、李犁、刘川、薛涛、王本道、曲子清、李玲、解良、中粮、海北、宏越、万胜、于晓威、马云飞、黄文科、曲文学、马贵明、石也、高凤超、大祝、王晔、张国勇、杜玉祥、尹航喝。

在华北与张弛、阿坚、狗子、高星、蓝石、孙民、孙磊、白脸、小平、海波、陈焱、刘正山、王昕、黄辉、徐迅、杨剑坤、陈克海、周军喝。

在华中与谷未黄、袁毅喝。

在华东与赵健雄、李庄、陈东浩、伍斌、甲乙、余毛毛、魏振强、郝健、程迎兵、韦金山喝。

在华南与张槚、王国华、王元涛、远人、徐东喝。

在西南与蒋蓝、李贵平、张花氏、刘润和、牧之、阿苏、毕亮、王胜华喝。

在青岛地区与王音、孙建国、薛原、孙小宝喝。

在街边旮旯儿，苍蝇小店，与民工喝……

老程在喝高之前总是很腼腆。喝高了问题就来了。他会说大话。说了大话，酒醒了照办，难度可想而知。

我问老程，你愿意是我笔下的哪类人？他连想都没想，就说，当然是旅人。

看来，他的心还在未名的远方。只叹时间不待，他已经是名副其实的"老程"了。

逢年过节，老程的妻子会给我寄来大东北的榛子和榛蘑，带着黑泥土的好吃劲儿，很感人，这个时候，我的耳边会自动回放十多年前的那首流行歌曲：俺们这旮都是活雷锋，……俺们这旮山上有榛蘑，……

下面这段是我与老程的一次私聊：

阿占：你似乎说过退休后要回浑河平原整一处农家旅社。

程远：如果银子允许的话，找一个距离县城不远的村庄，每天能见山见水的，比如辽东本溪市桓仁满族自治县，它是我所转过的东三省里最宜于人居的地方。但它不在浑河之滨，而是在浑江之畔。并且那里也不是我的故乡，距我的籍贯地清原隔了个新宾，其实这三县都很美。无论哪里，有一处自己的院子，就可以招呼天南地北的朋友啦！包括你。

每年来住上一阵子，看书、写字、画画儿、喝酒、聊天、发呆、溜达……想想都会醉。

阿占：护朋友于周全，是件很累的事情，你好像做来自然而然。

程远：老家的人都爱说一句话：宁伤身体，不伤感情。虽然这一般是指在酒桌上，也就是互相拼酒的时候。其实，我哪是一个能喝酒的人啊！能喝，在我是一种假象。不过我信奉礼尚往来，得寸，敬尺。

阿占：你走了很多地方，哪一次对你印象最深？

程远：印象最深的是2008年"5·12"汶川大地震之后的灾区之行。那时，我先是跟一位成都朋友去了崇州、泰安古镇、青城山，再和辽宁大学的宋振军老师奔赴绵阳等地，在青川与北京的阿坚、狗子、阿拉丁会合，走了一遍青川重灾区，八天后，我一个人返回成都。一路上，我拍了很多照片，整理出三万多字的日记《向着灾区走》，这个日记先后在《安庆晚报》连载、《西湖》文学月刊发表，应当说不虚此行。遗憾的是，重访灾区一直未能成行，如今九年过去，自觉也没了当年的勇气。老啦！

阿占：闺女怎么虐你，你都是一副很享受的样子。

程远：人生最美的相遇，莫过如此吧。

2017 年 10 月 4 日中秋于青岛

（阿占，本名王占筠，作家、艺术家，现居青岛。出版有《制琴记》等多部小说集、散文集，曾获百花文学奖、中国好小说等重要奖项，多次举办个人画展，并为多本畅销书创作插画。）

后记

这是我正式出版的第一本书，散文随笔集，或叫非虚构集。当她呈现在你的面前时，我难免有些惴惴不安。没办法，出版就要经受读者的审视，甚至是时间和世间的审视。

这里似乎也无需赘言。她，就在那里。

需要说明的是这些文字均首发于国内公开出版的文学期刊，感谢原刊编辑。另外也十分感谢我的师友们多年来对我写作的鼓励与支持，尤其是阿坚、甲乙、阿占三位先生，分别为这本小书作序、跋，阿占更是无偿绘制了无与伦比的美妙插画，可谓雪中送炭，锦上添花。此外，承蒙著名作家沈念、蒋蓝、张弛三位老师，拨冗推荐，深感荣幸。

这里还要特别感谢蓝石兄长，是他主动将书稿推荐给出版社，让这些散落的文字有机会结集起来——在这个功利的时代，这是一种珍贵的友情。

同时感谢出版社的不弃，感谢责编范戈老师的辛勤付出。

当然，我也要感谢我的妻子黄毛静，在我放浪四方、不着一字的时候，她偶尔会羞我一句，咳，废柴也总得熬一碗粥吧。

我爱你们。

程远

2024 年端午后一日于辽东山城桓仁

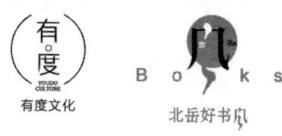

小镇流年

出 品 人｜郭文礼　　选题策划｜刘文飞　　责任编辑｜范　戈

复　　审｜马　峻　　终　　审｜刘文飞　　装帧设计｜张永文

印装监制｜郭　勇　　项目运营｜有度文化·刘文飞工作室

投稿邮箱｜liuwenfei0223@163.com

微　　博｜http://weibo.com/liuwenfei0223　　微信公众号｜YOUDU_CULTURE